知的生きかた文庫

超エモ訳 百人一首

富井健二

三笠書房

はじめに

超エモーショナルな百首はあなたを励ます応援ソングになる

『百人一首』は鎌倉時代初期に歌人・藤原定家《ふじわらのていか》によって撰ばれた百首のアンソロジー（秀歌撰《しゅうかせん》）です。

生涯、歌への情熱を燃やし続けた定家《ていか》ですが、『百人一首』を撰集《せんしゅう》する数年前は、前作の『新勅撰和歌集《しんちょくせんわかしゅう》』の評判の悪さにすっかり落ち込んでいたとか。

そんな彼に「私の別荘に飾る和歌を百首撰んでみてよ！」と依頼したのが宇都宮《うつのみや》頼綱《よりつな》。こうしたプライベートなお願いから『百人一首』が生まれたのです。

天皇や上皇に命令されて作る「勅撰集《ちょくせんしゅう》」などとは違い、定家の好みを感じられるのも『百人一首』のおもしろいところです。

恋と秋の歌と、個性的な光を放つ歌を愛した定家《ていか》。

そんな『百人一首』にはとても美しい魅力的な和歌が集められているのですが、その和歌を解釈するためには、〝古典の知識理解〟というハードルを克服しなければなりません。

しかしながら「正しい現代語訳」では、和歌のもつリズミカルなイメージが薄れ、詠《よ》み手がなにを伝えたかったのかが、いまいち伝わりづらいと感じていました。

そこで本書では、古《いにしえ》の人たちの心をよりダイレクトに味わうために「超エモ訳」で訳してみました。すこしおどけた感じの歌には関西弁を使用したり、若い世代の人たちにもっと歌を身近に感じてもらうために今どきの言葉を使用したりしました。

「超エモ訳」で和歌を味わってみると、昔の人も、自分と同じようなことでエモーショナル（感情的）になっていたのだと感じられるはずです。

百首の並べ方にもこだわりました。基本的に『百人一首』は古い歌から順に並べられていますが、本書の構成はそうなってはいません。

歌はその内容に応じて「部立《ぶだて》」といってそれぞれカテゴリーに分かれています。ふつう和歌の内容を理解するときにはこの部立《ぶだて》が絶対的な目安になります。本書ではこの「部立《ぶたて》」を現代風にリメイクしてみました。

きっと、今のあなたにとって一番必要な一首が見つかるのでは。

恋や仕事で悩んだとき…『百人一首』があなたの人生の応援歌になればよいですね。

東進ハイスクール講師　富井健二

『百人一首』、爆誕物語

さて
そろそろ
お心は
決まりました
でしょうか
定家《ていか》殿
まずスケジュールを
決めませんとね
それに色紙用に
良い紙を集めなくては
なりませんし
ペラ ペラ
ペラ ペラ
せっかくだから
色もあわせたい
ですね
ペラ ペラ
襖の納期
いつだった
かしら
パァーーッ
あぁすることが
山のように！
ねえ 定家殿！
だ〜か〜
ら〜…

決めるも何も断ったじゃん!!
ん？
この別荘に入れる障子に飾る色紙型のために
選歌して書いていただきたいのです～♡
は？
大体 頼綱《よりつな》殿が私の悪筆を知らぬはずはないでしょう
あらあら私 貴方の字好きですよ
個性的で趣があって
貴方の選歌も
『新勅撰和歌集』のときのような忖度や遠慮は
一切無用でございます
ただただ自由に…

定家殿はお好きなように百首を選歌されればよいのです
……私が好きに
百首…
…出家されたとはいえ…
頼綱殿も元は武人…
二言はございませんな!?
さてもさてもこのようなやり取りが本当にあったのか
私が選歌するとなればあの方々の歌も選びますよ?
ええよろしいかと
後で幕府に何を言われても知りませんぞ
それは今の世も京都・保津川の先にこんもりと鎮座まします
小倉山だけがご存じのことでございましょう

『百人一首』とかかわりをもつ代表的な文学作品

年	和歌集	物語	日記
	万《まん》葉《よう》集《しゅう》 日本で一番古い和歌集 天皇から庶民まで いろんな人の歌が集まる		
800			
900	***古《こ》今《きん》和《わ》歌《か》集《しゅう》**	**伊《い》勢《せ》物語** 主人公のモデルは 在原業平（17番）!?	**土《と》佐《さ》日記** 紀貫之（35番）が 女性になりきって書いた 日本で一番古いエッセー
平安時代 →	***後《ご》撰《せん》和《わ》歌《か》集《しゅう》**		**蜻《かげ》蛉《ろう》日記** 藤原道綱母（53番）作 女性作家のさきがけ ともいわれる

1000　1200　1235　1250

鎌倉時代

“勅撰和歌集”とは天皇が「作ろ〜！」といって作られる和歌集のこと

*拾遺和歌集《しゅういわかしゅう》

*後拾遺和歌集《ごしゅういわかしゅう》

*金葉和歌集《きんようわかしゅう》

*詞花和歌集《しかわかしゅう》

*千載和歌集《せんざいわかしゅう》

*新古今和歌集《しんこきんわかしゅう》

*新勅撰和歌集《しんちょくせんわかしゅう》

『百人一首』と同じく藤原定家が撰んだ

*続後撰和歌集《しょくごせんわかしゅう》

祝！『百人一首』誕生

源氏物語
紫式部（57番）作の長編ラブストーリー
『百人一首』の撰者・藤原定家もお気に入り♡

篁《たかむら》物語
小野篁（11番）が主人公

平家物語

枕草子
清少納言（62番）作

和泉式部《いずみしきぶ》日記
和泉式部（56番）作

紫式部日記
紫式部（57番）作

女性作家の世界も開花

＊勅撰和歌集

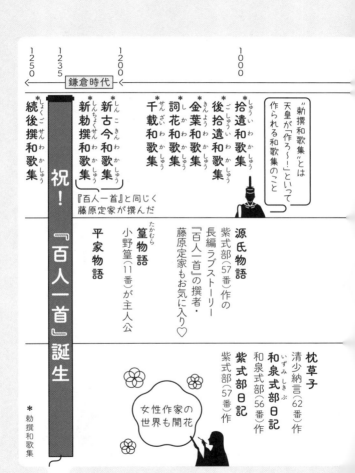

出世するのは大変!?
官位ピラミッド

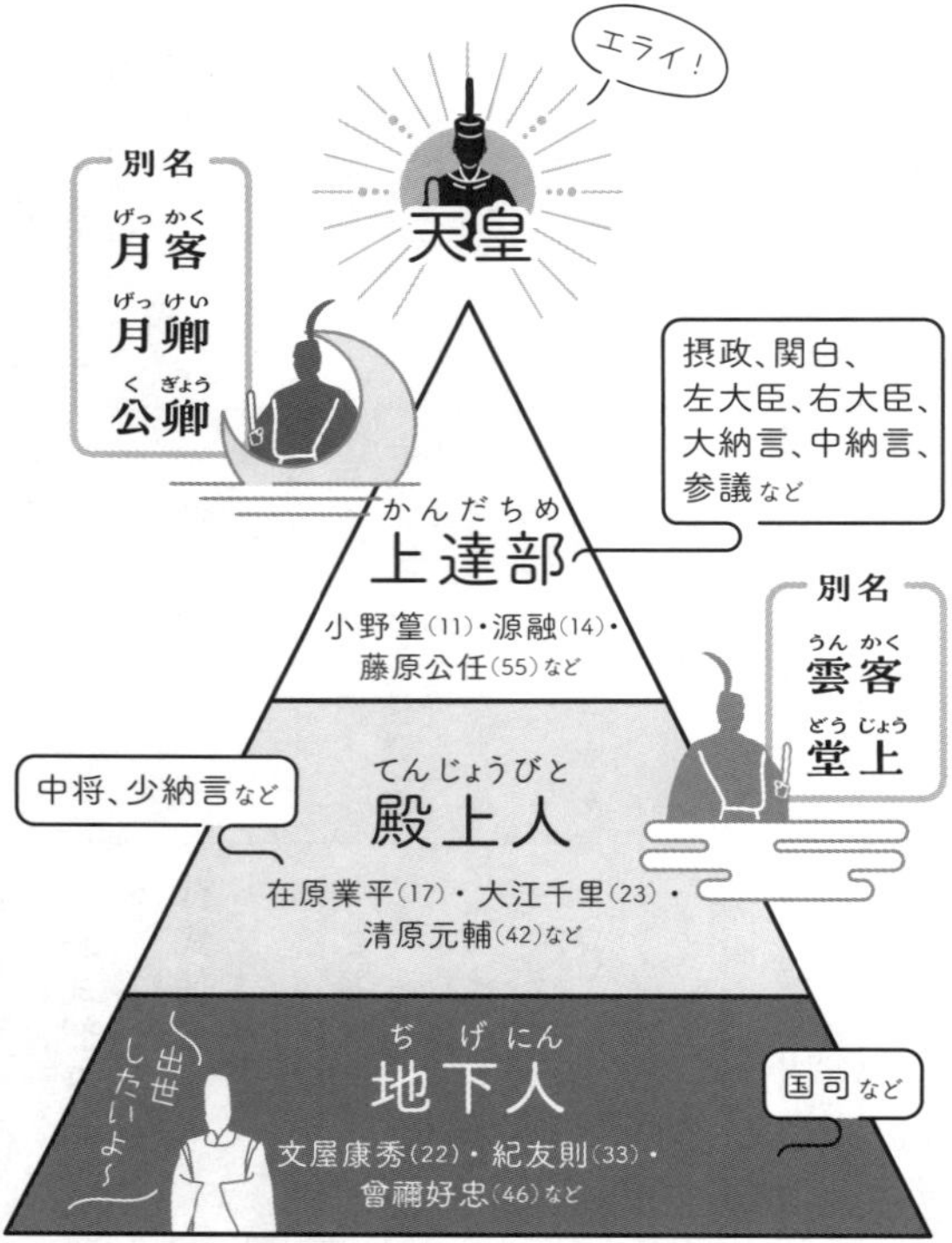

天皇の妻と
そこに仕える女房たち

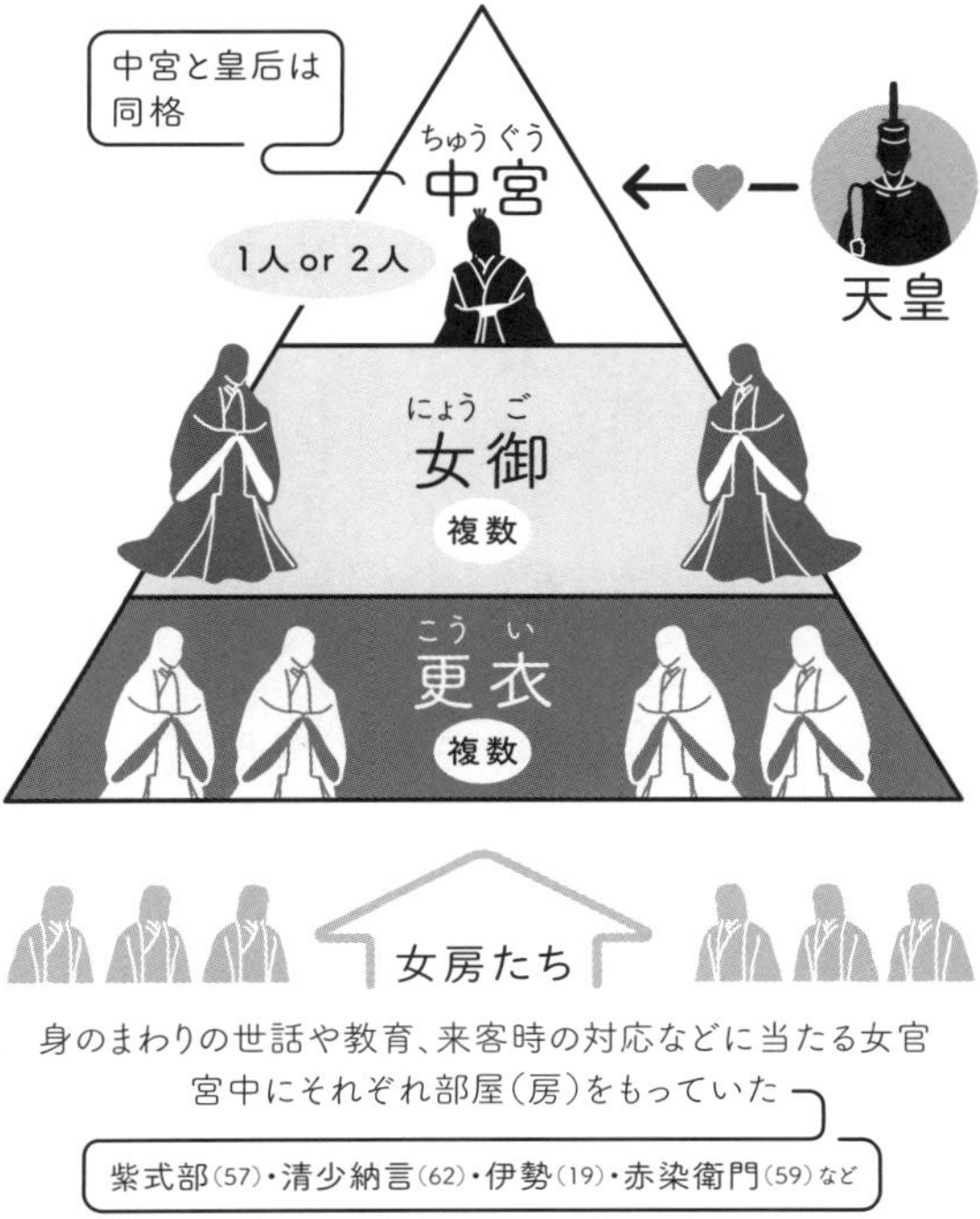

もくじ

1章 恋するマインドは和歌にしちゃお!

まるでラブソングな45首

恋に落ちたら

逢えない切なさ

待ちくたびれた

失恋・恋の不安

破滅しそうな恋

恋のウワサ

人生を変える恋

2章 無常を感じるときも和歌っしょ！

なんか切ないときの4首

3章 仕事のバイブスが高まる和歌

出世、島流し、海外赴任…ドタバタお勤めドラマ7首

4章 日常にあるエモを詠った和歌

心が揺れるエモーショナルな18首

5章 季節を味わうチルい和歌

キミに教えたい四季の歌26首

春

夏

秋

冬

本文マンガ／イラスト　吉田にく

1章

恋するマインドは和歌にしちゃお！

まるでラブソングな45首

ウワサのあの人に、キュンなんです

27番

みかの原《はら》　わきて流《なが》るる　泉川《いづみがは》
いつ見《み》きとてか　恋《こひ》しかるらむ
（藤原兼輔《ふじわらのかねすけ》・877〜933）

逢う前なのにウワサの彼女にキュンなんです

藤原兼輔《ふじわらのかねすけ》は紫式部の曾祖父《そうそふ》（ひいお爺さん）に当たります。賀茂川《かもがわ》の近くにあったという彼の邸宅《ていたく》には、いつも多くの歌人が集っていたそうです。

その人々を奨励《しょうれい》し、和歌の世界の発展に貢献した人物でした。

27番は三句目までが「いつ見きとて」の「いつ」を導く序詞になっています。「泉川《いづみがわ》」は現在木津川《きづがわ》とよばれている京の南を流れる川の古称《こしょう》で、「みかの原（甕の原）」はその辺りの地名です。

『万葉集《まんようしゅう》』にはわりとよく見られる地名です。

「みかの原を分けるように流れているいづみ川じゃないけれど、いつあなたを見たといってこんなに恋しいのでしょう」と詠《うた》っているのです。

ただし、この歌、オヤジギャグ的に解釈《かいしゃく》して終わらせてはいけません！

「いづみ川」と「いつ見た」が掛かっているのですね。

和歌の世界で「川の水」というのは、愛ゆえに流す涙のたとえになります。

この歌の場合は、女性のウワサを聞いて自分の気持ちが湧き起こるイメージと、川底からあふれ出る水のイメージが重なります。

それはさておいて、まだ見ぬ人のウワサを聞いて妄想しせっせと恋文を書くというのですから、現代ではちょっと考えられませんね。

恋してるって顔に出ちゃう！

40番

忍《しの》ぶれど　色《いろ》に出《い》でにけり　わが恋《こひ》は
ものや思《おも》ふと　人《ひと》の問《と》ふまで
（平兼盛《たいらのかねもり》・生年不詳～990）

恋しちゃったんだ～♪
多分気づいてないでしょ～♪
いやバレてるか

平兼盛《たいらのかねもり》は平安初期の歌人で三十六歌仙（平安時代の和歌の名人36人の総称）にも選ばれた人物です。光孝天皇《こうこうてんのう》の玄孫《やしやご》（孫の孫）でしたが、後に平氏の姓を賜《たまわ》って天皇家に仕える臣下《しんか》となりました。

59番の赤染衛門《あかぞめえもん》の実父《じっぷ》だともいわれる人物です。
40番は村上天皇（在位９４６～９６７）の頃、「歌合《うたあわせ》」で詠《よ》まれたそうです。歌合《うたあわせ》とは左右に歌人を配し、優劣《ゆうれつ》を競う催《もよお》しで、貴族の中で流行した一種のゲームです。結果は勝ち・負け・引き分けで判定されます。

この歌と次頁の41番の壬生忠見《みぶのただみ》の歌は、「初恋」を題材にし、同じ歌合《うたあわせ》でぶつかりました。長い和歌の歴史の中でも、この二首を超える作品は存在しないといわれる名歌です。

その場で歌を詠《うた》いあげる人のことを講師、判定する人のことを判者《はんじゃ》とよびますが、勝負はなかなかつきませんでした。

判者《はんじゃ》が困っていたところ、村上天皇が「忍ぶれど」の歌を口ずさんでいたため、最終的には40番の歌を勝ちとしたと伝えられています。

負けた忠見《ただみ》はショックのあまり病にかかり、その後、命を落としたという言い伝えがあります。あくまでもフィクションですけどね。

恋のにおわせがバレたとき

41番

恋《こひ》すてふ　わが名《な》はまだき　立《た》ちにけり
人知《ひとし》れずこそ　思《おも》ひそめしか

（壬生忠見《みぶのただみ》・生没年不詳）

ウワサになって超ハズイ　におわせだけは避けたのに

壬生忠見《みぶのただみ》は、30番の壬生忠岑《みぶのただみね》の息子です。歌人としてはすばらしかったのですが、家は貧しく、父と同様、いい官職《かんしょく》にはつけなかったようです。

そんな彼は、自分が歌合《うたあわせ》のメンバーに選ばれたことを耳にしたとき、その喜びは尋常《じんじょう》じゃなかったと伝えられています。

その歌合《うたあわせ》で40番の歌に負けた忠見《ただみ》がショックで亡くなったというのはフィクションらしいのですが、どうやら敗者となったのは事実のようです。

きっと後世の人が、彼の悔しさを想像して作ったエピソードでしょう。

この歌と40番のどちらがいいかは千年以上たっても決着はつかず。

それぞれの時代の、それぞれの人々の判断に委《ゆだ》ねられているのですね。

あなたはどちらがお好みですか？

藤原定家《ふじわらのていか》がこの41番と40番の二首を『百人一首』に撰んだのは、彼がこの二首を引き分けと考えているからに違いないと思います。

名歌と名歌が共鳴《きょうめい》して、独特のハーモニーを奏でているパートです。

いつの間にか大好きに

13番

筑波嶺《つくばね》の　峰《みね》より落《お》つる　みなの川《がは》
恋《こひ》ぞつもりて　淵《ふち》となりぬる
（陽成院《ようぜいいん》・868〜949）

はじめはちょろちょろ恋の川
どんどん積もって滝レベル

陽成院《ようぜいいん》が後に后《きさき》となる綏子《すいし》内親王《ないしんのう》に贈ったラブレターが13番。

13番にある「筑波嶺《つくばね》」とは現在の筑波山《つくばさん》のこと。この山は男体山《なんたいさん》と女体山《にょたいさん》のふたつに分かれています。「みなの川」は「男女川」とも表記します。

またこの山は、「歌垣《うたがき》」という複数の男女が歌を詠《よ》み合って、求婚相手を見つける場所でもあったようです。

今でいう合コン会場とでもいいましょうか。カラオケへ行って、それぞれの意中の男女にむけて得意な歌を熱唱している人を想像してもらえれば…。

和歌では、川の水が「涙」や「恋心」のたとえになることがあります。好きな相手のことを思って流す涙が、川となって流れるという発想ですね。深い「淵《ふち》」は、相手の綏子《すいし》さんに対するあふれんばかりの愛情をあらわしているのです。

じつは陽成院《ようぜいいん》は素行不良のせいで無理やり譲位《じょうい》させられたとか、鬼に憑依《ひょうい》されたとかいわれるほどの大問題児であり、これといって称賛する逸話も残っていない人物です。

しかしながら、13番を読むと彼のピュアな一面を垣間見《かいまみ》ることができるように思うのです。ギャップ萌えな一首です。

14番

陸奥《みちのく》の　しのぶもぢずり　誰《たれ》ゆゑに
乱《みだ》れそめにし　我《われ》ならなくに

（源融《みなもとのとおる》・822〜895）

乱れる心、誰のせい？
なにを隠そう君のせいだよ

源融《みなもとのとおる》は嵯峨《さが》天皇の皇子でしたが、臣下《しんか》にくだって源姓を賜《たまわ》りました。

そういえば『源氏物語』の主人公・光源氏も第二皇子でしたが臣下《しんか》にくだって源姓を賜《たまわ》った人物です。

このことにより、彼は光源氏のモデルの1人と目《もく》されるようになりました。源融《みなもとのとおる》の邸宅《ていたく》である河原院《かわらいん》は、それはそれは大豪邸だったようです。光源氏も六条院という大豪邸を造っていますしね。

源融《みなもとのとおる》の豪邸は、彼の好きな東北の文化を感じさせるエキゾチックな造りであったと言い伝えられています。

当時、京都の人たちにとって東北は、遠く離れた憧れの存在だったのかもしれません。

この歌に詠《よ》まれている「しのぶもぢずり」というのも、東北地方で作られていた布の模様のこと。14番はこの布の乱れ模様を、恋心になぞらえた歌なのです。

現在で意中の人に乱れ模様のTシャツを贈り「この模様は君への想いさ！」なんて告ったら、相手の方はおそらくドン引きするでしょうね。

これまでの恋なんて遊びだったね

43番

逢《あ》ひ見《み》ての　後《のち》の心《こころ》に　くらぶれば
昔《むかし》は物《もの》を　思《おも》はざりけり
（藤原敦忠《ふじわらのあつただ》・906〜943）

一晩君と居た後の
切ない気持ちに比べれば
今までなんて子供の恋だったよ

藤原敦忠《ふじわらのあつただ》は三十六歌仙にも選出《せんしゅつ》された平安中期の歌人です。性格もおだやかで、管弦《かんげん》にも優れていたそうです。
父は菅原道真《すがわらのみちざね》を左遷《させん》した藤原時平《ふじわらのときひら》、母は在原棟梁女《ありわらのむねはりのむすめ》、そして曾祖父《そうそふ》（ひい爺さん）は恋を楽しむ「色好み」として有名な在原業平《ありわらのなりひら》。そんなひい爺さんの血を引いてか、敦忠《あつただ》もイケメン貴公子だったようです。

母の在原棟梁女《ありわらのむねはりのむすめ》は父・時平《ときひら》がおじの藤原国経《ふじわらのくにつね》から略奪《りゃくだつ》した女性とされています。国経《くにつね》との間にはすでに滋幹《しげもと》という子がいました。敦忠《あつただ》とは異父兄弟ということになりますね。

谷崎潤一郎《たにざきじゅんいちろう》の小説『少将滋幹の母』にはこのあたりの顚末《てんまつ》が描かれています。時平《ときひら》に母を奪われ逢うことも叶わなくなった滋幹《しげもと》が、最後に夕桜のもとで母と再会するシーンは、何度も読み返した感動的なシーンです。

菅原道真《すがわらのみちざね》のことを陥《おとしい》れたり、他の人の愛妻を強引に略奪《りゃくだつ》したりと、この父・時平《ときひら》はなにかと超悪役として扱われることの多い人物なのですね。

父の時平《ときひら》が39歳、そして息子の敦忠《あつただ》が38歳という若さで亡くなったことについて歴史物語『大鏡《おおかがみ》』では菅原道真《すがわらのみちざね》の祟《たた》りの一環《いっかん》と扱っています。

当時から、時平《ときひら》の一族は祟《たた》りのために代々短命が多いと言い伝えられていたようですね。

ひと晩のことだったのに

88番

難波《なには》江《え》の　葦《あし》のかりねの　ひとよゆゑ
みをつくしてや　恋《こ》ひわたるべき
（皇嘉《こうか》門院別当《もんいんのべっとう》・生没年不詳）

彼と過ごしたワンナイト
本気の恋に落ちたかも

皇嘉《こうか》門院別当《もんいんのべっとう》、スゴイ名前です。

「皇嘉《こうか》門院《もんいん》」とは崇徳院《すとくいん》（77番）の皇后《こうごう》であった聖子《せいし》。「別当《べっとう》」とは長官を意味しますから、皇后《こうごう》にお仕えしている女官のトップということになりましょうか。

いわゆる〝バリキャリ〟ですね。「難波江《なにはえ》」は現在の大阪湾あたりの葦《あし》の生い茂《しげ》る場所を指すようです。葦《あし》は2メートルを超えることもあるイネ科の水生《すいせい》植物です。

それにしても、この歌はとても技のある一首です。

まず、「かりね」にワンナイトラブをあらわす「仮寝《かりね》」と、葦《あし》の根を刈り取る「刈根《かりね》」の意味が掛かっています。

つぎに「ひとよ」は「一夜《ひとよ》」と、節くれだった葦《あし》の「一節《ひとよ》」。「みをつくし」に、恋に身をささげる意の「身を尽くし」、船の行き先を示す目印「澪標《みおつくし》・水脈《みお》つ串《くし》」が掛けられています。技が光りまくっていますよね～。

「たった一夜、寝ただけなのに、身を尽くして一生愛してしまいそう」と詠《よ》んでいます。いつの時代も恋に落ちるのは突然ということなのでしょう。

ちなみに「難波江《なにはえ》」は遊女が多くいたとされる場所、バリキャリの彼女が遊女になりきって詠《よ》んだ技巧満載の歌なのです。

『百人一首』の中で最も色っぽいと賞賛する人もいますよ～。

ねぇ、この気持ちに気づいてよ

51番

かくとだに　えやはいぶきの　さしも草《ぐさ》
さしも知《し》らじな　燃《も》ゆる思《おも》ひを
（藤原実方《ふじわらのさねかた》・生年不詳〜998）

たぶんあの子は気づかない
密《ひそ》かに燃えるこの恋心

藤原実方《ふじわらのさねかた》は26番の藤原忠平《ふじわらのただひら》のひ孫で、順調に出世して中将《ちゅうじょう》までなりましたが、宮中で乱暴をはたらいた罪により陸奥守《むつのかみ》として左遷《させん》され、その地で没《ぼっ》したと伝えられています。

数多くの女性と交際し、情熱的な歌を詠《よ》む優雅な貴公子でもありました。一時は清少納言と恋愛関係にあったともいわれます。

死後、和歌の神様としてあがめられるようになりました。

滋賀と岐阜の県境にある伊吹山《いぶきやま》は「艾《もぐさ》」の産地として知られていた地域です。蓬《よもぎ》を乾燥させてつくるのが「艾《もぐさ》」、これを燃やしてお灸《きゅう》として使用します。この燻《くすぶ》る火と立ち上る煙を切ない恋になぞらえているのです。

忠実に現代語訳してみると、「艾《もぐさ》の火が赤赤と燃えるように恋（こひ）の炎を燃やしているけど、好きだとは言えないからこの気持ちに気づかないよね」って感じでしょうか。

たしかに、お灸《きゅう》の火はメラメラと勢いよく燃え上がるものではなく、燻《くすぶ》った感じの火ですよね。

あまり目立たないけれどずっと燃え続ける艾《もぐさ》の火と、人知れずずっと恋焦がれる恋心とを見事にクロスさせています。

ケンカの原因はあの清少納言!?

実像がはっきりしない実方《さねかた》ですが、鎌倉時代の説話《せつわ》集である『十訓抄《じっきんしょう》』には、藤原行成《ふじわらのゆきなり》とケンカとなり、それが原因で左遷《させん》されたという言い伝えがあります。冷静な行成《ゆきなり》に対し、実方《さねかた》はブチ切れたとあり、恋愛以外では結構激しい性格だったのではと想像してしまいます。このときの実方《さねかた》の怒りの炎は、「さしも草」の火とは違って烈火《れっか》のごとく燃え上がっていたようですね。

そういえば、行成《ゆきなり》も清少納言のボーイフレンド。

これは三角関係のもつれではないかと、あちこちの本を漁《あさ》ってみたことがありましたが、証拠を見つけることはできませんでした（残念！）。

清少納言がいがみ合う2人にむかって「私のためにケンカはやめて」なんて声をあげるシーンがあったらウケると思ったのですが…。

独りで寝る寂しさ

3番

あしびきの　山鳥《やまどり》の尾《を》の　しだり尾《を》の
ながながし夜《よ》を　ひとりかも寝《ね》む
（柿本人麻呂《かきのもとのひとまろ》・生没年不詳）

ボッチの夜はオス鳥のシッポのようにマジなげえ〜

山鳥《やまどり》はとても尾の長い鳥です。ただ長いのはオスだけですが。
それにしてもこの歌は、男性の寂しさを見事に強調しています。
すこし解説してみましょう。

日本最古の和歌集といわれる『万葉集《まんようしゅう》』に、「山鳥《やまどり》こそば　峰向《おむかひ》に　妻問《つまど》ひすと言へ（山鳥《やまどり》のオスは離れた峰《みね》にいる妻のもとに通う）」とあって、山鳥《やまどり》のオスとメスは、谷を隔《へだ》てて別々に眠ると考えられていたようです。前半はそんな山鳥《やまどり》を引用することで、男の独り寝の寂しさをストレートに詠《うた》いあげているのです。

「ボッチの夜」と超訳するとなんだかモテない男性を想像しそうになりますが、男性が女性のもとに通うという「通い婚《かよいこん》」が主流であった当時ですから、男はなにかの事情があって通うことができず独り寝をするしかなかったのでしょう。

そして3番の歌のラップのような韻の踏み方にも気づきましたか？

初句の終わりの「の」、二句目の終わりの「の」、三句目の終わりの「の」が響き合って非常にリズミカル！　この流れるようなリズムは『百人一首』の歌の中で最もメロディアスだと思います。

人麻呂《ひとまろ》は歌聖《かせい》（歌の神様）とよばれ、山部赤人《やまべのあかひと》（4番）と並んで『万葉集《まんようしゅう》』随一《ずいいち》の歌人とされています。ただ、この歌が本当に彼の作かどうかは疑わしいようですが。

朝になれば、月も君も冷たいね

30番

有《あ》り明《あ》けの　つれなく見《み》えし　別《わか》れより
暁《あかつき》ばかり　憂《う》きものはなし
（壬生忠岑《みぶのただみね》・生没年不詳）

夜が明けて　素知らぬ顔で　残る月
夜が明けて　冷たい態度の　あなた様

壬生忠岑《みぶのただみね》は『百人一首』の登場人物の中でも最も身分の低い階層の人物（地下《ぢげ》人《にん》）です。
こういった身分の低い人は、今世に名前が残らないことが多いのですが、歌人としては超一流で『古今和歌集《こきんわかしゅう》』の撰者《せんじゃ》に抜擢《ばってき》されるほどの人物だったのです。

『百人一首』を撰定した藤原定家《ふじわらのていか》も、『百人一首』の歌人の中で最も優れた歌人として、彼の名をあげています。

月はすべてお見通し！

女のもとに通う男は、夜が明ける前に帰るのがエチケットでした。

「暁《あかつき》」は夜明け前を示す古語で、「有り明け」は夜が明けても空に残っている月のことです（57ページ参照）。

その時代の女性たちは、男が帰った後でも、まだ変わらず空に残っている月を見て心が癒やされていたようです。

もちろん別れがツラいのは女だけではありません。

男たちにとって朝方の月は「ほら帰る時間だよ！」と催促《さいそく》されているような存在だったのではないでしょうか。

この歌は『古今和歌集《こきんわかしゅう》』には、「女に逢いに行ったが断られてしまった男の歌」として掲載されています。

逢ってくれない女も冷たいし、とぼとぼと帰るときの空の月も「帰った帰った」と急かしているような顔をしていて冷酷に感じた。そう感じたときから夜明け前ほどツラい時間はないと解釈しています。

この歌の解釈はもうひとつあって、好きな女と一夜を過ごしているうちに夜明け近くになってしまい、帰る道すがら詠《よ》んだ歌ではないかというものです。

女に別れを告げて帰る道すがら、有明の月が「さっさと帰れよ」と言わんばかりにこちらを見ている。

その薄情にも思える月を見てからというもの、夜明け前の時間ほどツラいものはないと感じるよ、という解釈です。

女と逢えた後の男の歌なのか、それとも逢えなかった男の歌なのか。解釈の分れるところですね。

ここでは『古今和歌集《こきんわかしゅう》』の解釈に従って、結局女に逢えなかった男の歌としておきました。

逢える喜び、逢えないツラさ

49番

みかきもり　衛士《ゑじ》のたく火《ひ》の　夜《よる》は燃《も》え
昼《ひる》は消《き》えつつ　物《もの》をこそ思《おも》へ

（大中臣能宣《おおなかとみのよしのぶ》・921～991）

門《もん》番《ばん》の焚《た》く火のごとく夜は燃え
昼は消えゆくオレの恋

大中臣能宣《おおなかとみのよしのぶ》は三十六歌仙にも選ばれた平安中期の歌人で、『後撰和歌集《ごせんわかしゅう》』の撰集《せんしゅう》に尽力した「梨壺《なしつぼ》の五人」の1人でもあります。
伊勢神宮の祭主《さいしゅ》を務めながらすばらしい歌をいくつも残しました。

彼は代々祭事《さいじ》などを扱う家系の生まれで、61番の伊勢大輔《いせのたいふ》の祖父にも当たる人物です。

「みかきもり（御垣守）」は宮中の門番役、「衛士《えじ》」は兵士、「たく火」は警備の為に焚《た》くかがり火のこと。

宮中の門の前で、厳しい表情をしている兵士の姿が目に浮かぶようです。「火」や「煙」は燃え盛る恋の炎のたとえになります。

たとえば男性が「オレの煙がみえるかい？」なんて女性に告げたとしたら、告っていることになります。すこしサブいですが（笑）。

当時の結婚形態である「通い婚《かよいこん》」は日が落ちて暗くなったら男が女のもとに通い、夜が明ける前に帰ってくるというパターンでした。

したがって、夜は一緒にいても昼は離れ離れになってしまいますよね。

49番は好きな人に逢えたときの燃え立つような情熱、逢えない間の消沈した思いの様をかがり火の様に見立てた歌なのですね。

まるで力強い日本画をみるような、あざやかで美しい歌だと思います。

すこしでもいいから逢いたいの

19番

難波潟《なにはがた》 短き《みじか》葦《あし》の ふしの間《ま》も
逢《あ》はでこの世《よ》を 過《す》ぐしてよとや
（伊勢《いせ》・875頃〜939）

ねえなんで束《つか》の間《ま》さえも逢えないの？
あなたのやり方あんまりよ

伊勢《いせ》は父の官職が伊勢守《いせのかみ》であったため、「伊勢《いせ》」とよばれました。宇多《うだ》天皇の中宮《ちゅうぐう》（正室）である温子《おんし》に仕え、その弟である仲平《なかひら》と交際し、仲平《なかひら》と破局すると、宇多《うだ》天皇、そして敦慶親王《あつよししんのう》にも愛されたようです。

ちなみに、宇多《うだ》天皇と敦慶親王《あつよししんのう》は父と息子になります。

19番は伊勢《いせ》の最初の恋人といわれる仲平《なかひら》に贈った歌とされています。

彼女の父はこの関係に反対したそうですが、伊勢《いせ》は聞く耳をもたなかったようです。

結果、仲平《なかひら》は大臣の娘と結婚し、彼女は捨てられる形となりました。

そのときの彼女の耐え難《がた》い心情が表現された歌なのです。

「難波潟《なにはがた》」は現在の大阪湾あたりの葦《あし》の生い茂《しげ》る場所を指すようです。

葦《あし》は2メートルを超えることもあるイネ科の水生《すいせい》植物で、節くれだった茎を持ちます。

この植物の節と節の短い間くらいも逢ってくれないの、と詠《よ》んでいるのです。

伊勢《いせ》のような美しく頭脳明晰《ずのうめいせき》な女性に、こんな歌を詠《よ》まれた仲平《なかひら》はさぞや別れを躊躇《ちゆうちよ》したことだと思います。

現に仲平《なかひら》はもう一度よりを戻そうと懸命になったみたいですから。

しかし伊勢《いせ》は、再び仲平《なかひら》のもとに戻ることはなかったのです…。

最後に直接伝えたい「サヨナラ」

63番

今《いま》はただ　思《おも》ひ絶《た》えなむ　とばかりを
人《ひと》づてならで　言《い》ふよしもがな
（藤原道雅《ふじわらのみちまさ》・992〜1054）

今はただ
この恋心断ち切ると
会って直接伝えたいだけなのに

藤原道雅《ふじわらのみちまさ》は平安中期〜後期の人物です。54番の藤原伊周母《ふじわらのこれちかのはは》の孫に当たります。祖父に当たる藤原道隆《ふじわらのみちたか》の没後、父の伊周《これちか》が失脚《しっきゃく》し、生涯政治の表舞台にあがることのできなかった人物です。

自分の不遇《ふぐう》を恨み、その素行の悪さから「荒三位《あらざんみ》」とよばれたそうです。「荒～」は現在でいうと「ツッパリの～」とか「不良の～」という感じでしょうか。

そんな荒々しい道雅《みちまさ》がなぜ63番を詠《よ》んだのか、すこし解説しましょう。

三条院（68番）のお嬢様で、当子内親王《とうしないしんのう》というお方がいました。三条院はことあろうに、没落貴族の道雅《みちまさ》と愛娘《まなむすめ》が交際していると知り激怒します。

娘に見張りを付け、2人が逢うことを禁じました。そのときに道雅《みちまさ》が詠《よ》んだのが、この63番といわれています。

「人伝《ひとづ》てじゃなく、君に直接最後のお別れを言いたいんだ」というこの歌には、道雅《みちまさ》の悲壮感《ひそうかん》がにじみ出ています。

君からも愛していないと聞くまでは、絶対あきらめきれないという…。

その後、道雅《みちまさ》は暴れたりケンカしたりで謹慎《きんしん》させられ、不良のレッテルをはられてしまいます。

絶望した内親王《ないしんのう》は尼《あま》となり、23歳という若さでこの世を去ってしまいました。

一度だけでも逢いたいという道雅《みちまさ》の思いは叶えられることはなかったのです。

都でウワサの荒三位《あらざんみ》とは俺っちのことよ！
藤原道雅《ふじわらのみちまさ》
孫(息子)LOVE
祖父の藤原道隆と父・伊周に溺愛されて育った道雅だったが
祖父の死と父がやらかして実家は没落
ガ
ま!?
これからどうしたらいいのや～…
ヨヨ
ヨ…
の好きピ
みちまささま～♡
今日もビジュさいこうなんだが!?
当子内親王《とうしないしんのう》

二番目でもおけです♡
ピッピの奥ゆかしいトコマジさいこう！
えっ朕《ちん》的に無理!!
三条天皇《さんじょうてんのう》（父）
ドッ
父権限で接触禁止令・発令
パパひっどい!!横暴すぎ!!
うっ
ヨロ
当子――ッ!?
喪中
ガーン
ま!?
ベン
キミの口からちゃんと～愛してないって言葉が聞きたかったんだ～
一生推せた～!!
ベン

あの人はどうしたら好きになってくれるのか

74番

憂《う》かりける　人《ひと》を初瀬《はつせ》の　山《やま》おろしよ
はげしかれとは　祈《いの》らぬものを
（源　俊頼《みなもとのとしより》・1055～1129）

神さまに「恋愛成就♥」願ったが神さまミスって「失恋成就💔」

源俊頼《みなもとのとしより》は平安中期の歌人です。
源　経信《みなもとのつねのぶ》（71番）の三男で、俊恵《しゅんえ》（85番）の父に当たります。
三代にわたって『百人一首』に選ばれているのですね。

非常におだやかな人物で、多くの人に慕《した》われていたそうです。彼が関白《かんぱく》・藤原忠実《ふじわらのただざね》の娘のために作歌のノウハウを記した『俊頼髄脳《としよりずいのう》』は、当時の人々の和歌の手引書（ガイドブック）として有名です。

ちなみに『俊頼髄脳《としよりずいのう》』は、大学入試でもよく出題される重要作品でもありますよ～！

「初瀬《はつせ》」とは奈良県にある長谷寺《はせでら》のこと。

現世の幸福を観音様に祈念する寺として、清水寺《きよみずでら》・石清水八幡宮《いわしみずはちまんぐう》と並び称される有名な寺です。

「あの人と結ばれますように！」と長谷《はせ》の観音様にお祈りしたけれど、まったく効果がない。そればかりかあの人は私に冷たく当たる一方…。なびくどころかひたすら冷たい風を吹かせてくる。まるで初瀬《はつせ》の山風（山おろし）のようにね、という表現はおもしろいですね。アイロニー（＝皮肉）満載です。

風が吹くと花がなびきますよね。

花を女性にたとえれば、風は男の愛の告白ということになりますから。

恋人にドタキャンされた

21番

今来《いまこ》むと　いひしばかりに　長月《ながつき》の
有《あ》り明《あ》けの月《つき》を　待《ま》ち出《い》でつるかな
（素性法師《そせいほうし》・生没年不詳）

「行く」って言うから待ってたのけど来たのこの月だけやん

素性法師《そせいほうし》は平安初期から中期にかけての歌僧《かそう》（歌詠《うたよ》みでもある僧侶）です。僧正遍昭《そうじょうへんじょう》（12番）の息子にあたります。父にならって出家した人物です。

素性法師《そせいほうし》が亡くなったとき、哀悼《あいとう》の意をあらわした歌を紀貫之《きのつらゆき》（35番）が詠《よ》んでいて、多くの人から愛されたナイスガイだったことがわかります。

この歌は女性の立場から詠《よ》まれた歌ですが、素性法師《そせいほうし》は男性僧侶。立場的に違和感をもつ人がいるかもしれません。

現代でも男性歌手が女性の立場から歌うことがあるように、和歌の世界にも男性による女性の歌は多いのですよ。たとえば18番の藤原敏行《ふじわらのとしゆき》の歌なんかもそうですよね。

もしかしたら知り合いの女性に「ねえ、彼氏に贈る歌を詠《よ》んでくんない？」と頼まれた敏行《としゆき》が代わりに詠《よ》んであげた歌なのかもしれません。

有明の月、そのエモい名称

「有明《ありあけ》」とは夜が明けそうなのにまだ月がある頃、または朝になっても空に残っている月の名称です。

満月の日を過ぎると、月が出てくる時間は毎日すこしずつ遅くなります。

この期間の月は、今か今かと自分が空にのぼっていくときを待っているのかもしれません。それぞれの月の名称もユニークなので紹介します。

有明の月は呼び名が変わる

十六夜《いざよい》…「いざよふ」は「ためらう」を意味する古語。出るのをためらっているように見える月。

立待月《たちまち》…十六夜の月よりも遅く出るので、立って待っている月。

居待月《いまち》…さらに遅くに出るので、座りながら待っている月。

寝待月《ねまち》・臥待月《ふしまち》…横になりながら待っている月。

更待月《ふけまち》…夜更《よふ》けになってやっと出てくる月。


それぞれ有明の月の名称の由来は、男が来るのを女が寝ないでずっと待っているというイメージがしますよね。

現在だったら、ＬＩＮＥが既読になるのを寝ずに待っていたら夜が明けてしまった…という感覚でしょうか。

有明（の月）は、「**夜が明けてもまだ空に有る月**」という意味。
満月の翌日から、月末までの月のことを指すよ。
『百人一首』では21・30・31・81番に
有明の月が詠まれているよね。

15日目 ──→ 16日目 ──→ 17日目

満月

望月《もちづき》とも。
望みどおりに来てくれる理想的な男性にたとえられることもある。

十六夜《いざよい》

満月の日よりためらって出てくる。
「いざよい」は「ためらう、ただよう」を意味する古語。

立待月《たちまちづき》

さらに遅く出てくるから立って待っている。
17日以降の月は、男を待っている女にたとえられることも。

18日目 ──→ 19日目 ──→ 20日目

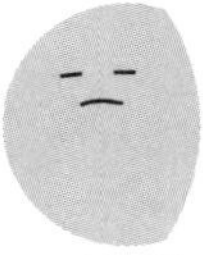

居待月《いまちづき》

立って待つには長すぎるから、座って待っている。

寝待月《ねまちづき》

まだまだ待つので、寝て待っている。

23日頃まで月は見えるよ

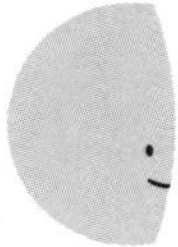

更待月《ふけまちづき》

夜が更けるまで待たないと出てこない。

月は30日かけて
満ち欠けをくり返しているよ

全然逢いに来てくれないのね

85番

夜《よ》もすがら　物思《ものおも》ふころは　明《あ》けやらで
閨《ねや》のひまさへ　つれなかりけり
（俊恵法師《しゅんえほうし》・1113〜没年不詳）

今晩も一人で待ってバカみたい
あ〜もう早く朝になればいいのに

俊恵《しゅんえ》は平安末期の歌僧《かそう》で、源俊頼《みなもとのとしより》（74番）の息子でした。若い頃に出家し、東大寺の僧になったといわれています。鎌倉初期に成立した随筆《ずいひつ》の傑作『方丈記《ほうじょうき》』の鴨長明《かものちょうめい》の和歌の師でもありました。

たくさんの歌人を「歌林苑《かりんえん》」とよばれた部屋（房《ぼう》）に集めて歌会や歌合《うたあわせ》を催《もよお》し、そこには道因法師《どういんほうし》（82番）や寂蓮法師《じゃくれんほうし》（87番）なども来ていたとか。

とにかく歌界のカリスマだったんですね。

鴨長明《かものちょうめい》は歌論『無名抄《むみょうしょう》』に、師匠である俊恵《しゅんえ》のすばらしさについてびっしりと書き残しています。

85番は、待てども来ない男を恨み「来ないのならいっそ早く夜が明けてよ」といら立ちを感じている女の立場で詠《よ》まれた歌です。

「**閨《ねや》のひまさへ　つれなかりけり**」と、なかなか日が差し込まない寝室の戸のすき間までもが憎らしくなると詠《うた》っています。なかなか面白い表現ですね。

恨み言を言うにも男はそこにいないわけですから、その憤《いきどお》りを朝日の差し込まない寝屋のすき間にぶつけるしかないということでしょう。

当時は通《かよ》い婚《こん》制度なうえに、男性は複数の妻を持つことが許されていた時代。「今日はわたしのところへ来るかも…♥」と期待しながらも、ただただ時間が過ぎるだけのツラい夜を過ごすことは日常茶飯事だったのです。

浮気なあなたにはわからないでしょ？

53番

嘆《なげ》きつつ　ひとり寝《ぬ》る夜《よ》の　明《あ》くる間《ま》は
いかに久《ひさ》しき　ものとかは知《し》る

（藤原道綱母《ふじわらのみちつなのはは》・生年不詳〜995）

別カノがいるあなたにはわからないでしょう
夜がどれだけ長いのか

藤原道綱母《ふじわらのみちつなのはは》は平安初期から中期における女性歌人です。藤原倫寧《ふじわらのともやす》の娘で、藤原兼家《ふじわらのかねいえ》と結婚し、息子の道綱《みちつな》をもうけました。著書『蜻蛉日記《かげろうにっき》』には夫・兼家《かねいえ》の女性関係に悩む姿が赤裸々に描かれています。

彼女は中古三十六歌仙にも選ばれるほどの歌の名人であり、絶世の美人としても知られていました。現代でいえば、美人歌手が悩める恋を歌っているような。当時の男性は、複数の女性と交際するケースが多かったようです。美人で才能があっても、夫は外で他の女と…なんて、かわいそうだと思ってしまいます。

さて、53番の歌が詠《よ》まれた背景について。ある日の夕方、夫の兼家《かねいえ》が「仕事関係の用事を思い出した」と言って出て行きます。しかし当時は、日が暮れると男は女のところに通うのがパターン。

これはほかに女がいるわねと勘づき家の者に後をつけさせたところ、案の定、浮気相手の女の家に入っていくではありませんか。

数日経って夫はまた帰ってきたのですが、彼女は絶対に兼家《かねいえ》を家の中に入れず追い返し、その翌日、色あせた菊に53番の歌を添えて兼家《かねいえ》に贈ったのです。

「うつろふ（移ろふ）」という古語には「色あせる・心変わりする」という意味があります。

道綱母《みちつなのはは》は色あせた菊に兼家《かねいえ》の心変わりの意を含ませ、しおれた菊に恋にやつれた自らの姿を重ね合わせて歌を添えたということになります。

絶世の美女3人のうちの1人！

なんと藤原道綱母《ふじわらのみちつなのはは》は、日本美人コンテストファイナリストの3人のうちの1人に選ばれています。

南北朝初期に成立したとされる諸氏《しょし》の系図『尊卑分脈《そんぴぶんみゃく》』に「本朝第一美人三人内也」と示されているのです。

「本朝」とは日本の別称です。彼女の他には衣通姫《そとおりひめ》と光明皇后《こうみょうこうごう》（＝聖武《しょうむ》天皇の皇后で藤原不比等《ふじわらのふひと》の娘）もしくは9番の小野小町が入るといわれています。

衣通姫《そとおりひめ》とは『古事記』や『日本書紀』に登場する伝説の美女。あまりに肌が美しいので、衣《ころも》を通して照り輝いていたと伝わっています。

そんな人々と並び称されている藤原道綱母《ふじわらのみちつなのはは》ですが、夫の不倫に絶えず悩まされていたわけですから、53番の菊のようにしおれてしまって化粧のりもいまいちだったのではと余計な心配をしてしまいます。

朝まで待っていたのにな

59番

やすらはで　寝《ね》なましものを　小夜更《さよふ》けて
かたぶくまでの　月《つき》を見《み》しかな
（赤染衛門《あかぞめえもん》・956頃〜1041以降）

来ないなら先に独りで寝てたのに
約束信じ待ってたら
月が沈んでもう朝よ

赤染衛門《あかぞめえもん》は平安中期の女性歌人です。
藤原道長《ふじわらのみちなが》の妻である倫子《りんし》、その後、娘の彰子《しょうし》にも仕えた女房です。
『栄華物語《えいがものがたり》』の作者の1人とも考えられています。

当時並ぶ者のない女性歌人とされましたが、性格はいたって温厚、漢学者であった夫の大江匡衡《おおえのまさひら》をよく助けた理想的な妻であったそうですよ。

59番は赤染衛門《あかぞめえもん》が妹の代わりに詠《よ》んだ歌です。妹が姉である彼女に「お姉ちゃん、あの彼ったら昨日も来なかったの」なんてグチを言うものだから、「じゃあ私が歌を書いてあげるわ」ということで詠《よ》んだ歌なのですね。

通って来ない男に恨み言を詠《よ》んでいるのですが、ベタじゃないですよね。

そこはかとなき品位を感じます。

「沈んでいく月を見てず〜っと待ってしまったじゃない」とほんのすこしすねているような、上品ないじらしさを感じる歌です。

コケティッシュな和泉式部《いずみしきぶ》とよく比較される人物でもあります。和泉式部《いずみしきぶ》については皮肉っぽいことを書いている紫式部も、赤染衛門《あかぞめえもん》についてはべた褒めです。

さあ、あなたのお好みはどちらですか？

恋焦がれつつ来ない人を待つ

97番

来《こ》ぬ人を　まつほの浦《うら》の　夕《ゆふ》なぎに
焼《や》くや藻《も》塩《しほ》の　身《み》もこがれつつ
（藤原定家《ふじわらのていか》・1162～1241）

全然来ないあの人を
胸を焦がしてずーっと待つの

『百人一首』を作った藤原定家《ふじわらのていか》の一首。彼は平安末期～鎌倉初期の歌人です。『百人一首』のみならず、『新古今和歌集《しんこきんわかしゅう》』、『新勅撰和歌集《しんちょくせんわかしゅう》』などを撰集《せんしゅう》した優れたアンソロジスト（秀歌を撰ぶ者）といえましょう。

『万葉集《まんようしゅう》』に、ある男が海の向こうにある淡路島《あわじしま》の「松帆の浦《まつほのうら》」にいる乙女に恋して詠《よ》んだ歌があり、これを本歌《ほんか》（元ネタ）として定家が女性の立場になりきって詠《よ》んでいます。

「来ぬ人」は愛しい男、「松帆《まつほ》」と「待つ」が掛詞《かけことば》になっています。「焼くや《や》藻塩《もしお》」とは塩焼きのときに立ち上る煙のことで、恋焦がれる心の比喩《ひゆ》となっています。

定家《ていか》は後鳥羽院《ごとばいん》（99番）の師でありましたが、撰集《せんしゅう》の際の意見の不一致が原因で確執が生じてしまいました。

承久の乱《じょうきゅうのらん》（1221）で後鳥羽院《ごとばいん》が敗れ、隠岐《おき》に配流《はいる》されて二度と会うことは叶いませんでしたが、ひそかに院のことを慕《した》っていたといいます。

『新勅撰和歌集《しんちょくせんわかしゅう》』では鎌倉幕府への遠慮もあって、後鳥羽院《ごとばいん》の歌を撰ぶことができませんでしたが、『百人一首』では入首しています。ボクは、定家《ていか》は「来ぬ人」に後鳥羽院《ごとばいん》を重ね合わせて入首したのではないかと思うのです。「来ぬ人」の箇所を「隠岐《おき》に流されたまま帰って来ない後鳥羽院《ごとばいん》」と訳したいところですね。

言葉にできない想いをそっと忍ばせるのも歌の在り方なのですから。

もしかして…避けられてる？

18番

住《すみ》の江《え》の　岸《きし》に寄《よ》る波《なみ》　よるさへや
夢《ゆめ》の通《かよ》ひ路《ぢ》　人目《ひとめ》よくらむ
（藤原敏行《ふじわらのとしゆき》・生年不詳〜901年頃）

寄せては返す波みたく
ちょっとぐらいは寄って来て♥
夢の中でも避けないで

藤原敏行《ふじわらのとしゆき》は平安初期の歌人で能書家《のうしょか》（書道の名人）でもあった人物です。
この18番は、彼が女性になりきって詠《よ》んだ歌。
男性から女性にむけての歌という説もありますが。

「岸に寄る波」と「よるさへや」の「よる」が波音のように共鳴していると思いませんか?

「こんな女性って良いよね〜」

昔は、好きな人のことを思って寝るとその人が夢に現れてくれると考えられていました。

「夢の通《かよ》ひ路《じ》」とは、好きな人が自分の所に来るための夢の中の通路のようなもの。実際にも会いに来てくれないし、夢にも出てくれないのね、という女性の嘆《なげ》きを歌っているのです。

千年以上前に生きた彼が「こんなセリフを言う女がいたら、絶対付き合っちゃうよね〜」と恋バナしているような歌ですね。

敏行《としゆき》は、とても味のある愛すべき人物であったと伝えられています。

さりげない表現を詠みこむことができる人

藤原敏行《ふじわらのとしゆき》の歌で有名なものをひとつ紹介します。

秋来《あきき》ぬと　目にはさやかに　見えねども　風の音にぞ　驚かれぬる
（『古今和歌集《こきんわかしゅう》』・秋歌上・169）

超訳　風が吹き秋が来たってふと気づく。はっきりと見えるわけではないけれど

「風」は葉の上の露《つゆ》を落とし、花を散らしますから、死を告げる冷酷《れいこく》なもののたとえで使用されることがあります。

「**秋来ぬと〜**」は決して死を予告している歌ではないけれど、季節の移ろいからさりげなく無常観《むじょうかん》を感じさせるつくりになっていると思います。

今より短命な時代ですから、当時の人はボクたちよりも死の存在を身近に感じていたでしょう。

私たちこれからどうなっちゃうのかな?

80番

長《なが》からむ　心《こころ》も知《し》らず　黒髪《くろかみ》の
乱《みだ》れて今朝《けさ》は　物《もの》をこそ思《おも》へ

（待賢門院堀河《たいけんもんいんのほりかわ》・生没年不詳）

ねえほんと?　ほんとにずっと変わらない?
乱れた髪もなおさずに
あなたのことを考える

待賢門院堀河《たいけんもんいんのほりかわ》は平安後期の女性歌人です。崇徳院《すとくいん》（77番）の母である藤原璋子《ふじわらのたまこ》（待賢門院《たいけんもんいん》）に仕えたときに「堀河《ほりかわ》」とよばれました。璋子《たまこ》とともに出家し、仁和寺《にんなじ》の尼《あま》となりました。

80番は愛する人と一夜をともにして、別れた後の女心が表現されています。「あなたと別れた後、乱れているのは黒髪と女心なのよ」という色っぽい歌です。この「あなた」に当たるのは子供を残して亡くなった夫だといわれています。とすればこの歌の本質は恋歌でなく、哀傷歌《あいしょうか》なのかもしれません。

「黒髪」は平安王朝時代では女性の美しさの象徴でした。当時の男女の逢瀬《おうせ》は暗闇でなされており、あまり姿がはっきりしません。物語などでは、黒髪の美しさがそのまま女性の美しさにつながりますし、歌を詠《よ》むときには乱れた黒髪の様子を、とり乱した心模様にたとえることが多かったようです。

以下に和泉式部《いずみしきぶ》（56番）の有名な「黒髪」の歌を紹介しておきます。

黒髪の　乱れも知らず　うち臥《ふ》せば　まづかきやりし　人ぞ恋しき

超訳　黒髪も心も乱れたまま横たわる。あぁ、そんな時この髪をそっと撫でてくれた人がいたっけ。

この「人」は親なのかそれとも初恋の人なのか…。両説あるようですが。

44番

逢《あ》ふことの　絶《た》えてしなくは　なかなかに
人《ひと》をも身《み》をも　恨《うら》みざらまし
（藤原朝忠《ふじわらのあさただ》・910〜966）

ハンパに逢うから憎いんよ　かえって逢わんほうがマシ？

藤原朝忠《ふじわらのあさただ》は三十六歌仙にも選ばれた平安中期の歌人。出世も順調で、管弦《かんげん》にも優れ、文武両道の人物でした。25番の藤原定方《ふじわらのさだかた》の息子です。

この歌は40番・41番と同じく歌合《うたあわせ》のときに詠《よ》まれたものです。

題目は「**逢不逢恋**（あひてあはざるのこひ）」というものでした。

一度契りを結ぶことができたが、その後二度と逢えなくなった恋というテーマです。

深く愛すれば愛するほど、別れたときの憎しみやツラさもまた強まるという、愛憎《あいぞう》の関係を浮き彫りにする歌ですね。

歌合《うたあわせ》でこの44番の相手となったのは、同じく三十六歌仙にも選ばれた藤原元真《ふじわらのもとざね》。結果、接戦を制して勝ちを得たのは朝忠《あさただ》のほうでした。

それ以降、朝忠《あさただ》の代表作となって今日に伝えられています。

44番を詠《よ》んだのは彼の晩年の頃であったようです。

自分の生涯の恋愛経験のすべてを振り返り、この歌を詠《よ》んだのでしょうね。

「愛憎相半《あいぞうあいなか》ばする」という言葉があります。

同じ対象に対して、愛する気持ちと憎らしく思う気持ちを同程度もつ様《さま》を表現する言葉です。そんな複雑な心の様子が描かれた歌ではないでしょうか。

情熱と憎しみは表裏一体かつ同質のものなのかもしれません。

失恋した。死にたい。マジツラたん

45番

あはれとも　いふべき人《ひと》は　思《おも》ほえで
身《み》のいたづらに　なりぬべきかな
（藤原伊尹《ふじわらのこれただ》・924〜972）

メンブレ寸前死のうかな
せめて君には愛されたいよ…

藤原伊尹《ふじわらのこれただ》は歌人を監督し、『後撰和歌集《ごせんわかしゅう》』の編纂《へんさん》に尽力《じんりょく》しました。学才にも優れ、とても美しい容姿の人であったそうです。藤原忠平《ふじわらのただひら》（26番）の孫であり、藤原義孝《ふじわらのよしたか》（50番）の父に当たります。

すべてがそろった人物でしたが、摂政《せっしょう》になって3年ほど、50に満たない年齢で亡くなりました。

さて45番ですが、冷たくなった女性に同情させようと、死をちらつかせています。これ、メンヘラ男ってやつですよね。

メンヘラ男がメンタルブレイク、つまりメンブレしそうといっているのです。じつは『源氏物語』の後半に登場する「柏木《かしわぎ》」という男性キャラは、この45番の歌に影響を受けたといわれています。

彼は光源氏の妻の1人に恋焦がれ、こらえきれず強引に契りを結びますが、夫の源氏に悟られて皮肉を言われてしまい憔悴《しょうすい》し、未練たらたらで亡くなってしまうという人物なのです。

『百人一首』の撰者《せんじゃ》の藤原定家《ふじわらのていか》は『源氏物語』好きで有名な人物でもあります。柏木《かしわぎ》が最期に詠《よ》んだ歌をあげておきます。執着心《しゅうちゃくしん》バリバリの歌ですよね〜。

行方《ゆくえ》なき　空《そら》の煙《けぶり》と　なりぬとも　思《おも》ふあたりを　立《た》ちは離《はな》れじ

超訳　たとえ煙に変わってもあなたのもとを離れないから

46番

由良《ゆら》の門《と》を　渡《わた》る舟人《ふなびと》　かぢを絶《た》え
ゆくへも知《し》らぬ　恋《こひ》の道《みち》かな
（曾禰好忠《そねのよしただ》・生没年不詳）

この恋はどこへいく？ ユラユラ揺れて船のよう

曾禰好忠《そねのよしただ》は平安中期の歌人です。丹後掾《たんごのじょう》という官職名の一部「丹」と、自らの名の一部「曾」とあわせて「曾丹《そたん》」とよばれていたそうです。ただ本人は、この呼び名が気に入らなかったようですが。

「船乗りだって、由良《ゆら》の門《と》の速い流れに楫《かじ》をとられるように、私の恋もどこへ行くのかわからない」といった意味です。

「由良《ゆら》の門《と》」とは、京都を流れる由良川《ゆらがわ》の河口《かこう》あたりを指しますが、「由良《ゆら》」という響きから、ゆらゆらと揺れる舟をイメージさせていますね。

切ない恋心を詠《よ》んだこの歌は、声に出すと忘れられなくなります。

しかし曾丹《そたん》は奇行が多いゆえに当時は不遇《ふぐう》な扱いを受け、歌壇《かだん》から軽視され続けていたようです。

優雅できらびやかなお祝いの席。衣装を身にまとった人々が立ち並ぶその折、よばれてもいない曾丹《そたん》がやってきてなに食わぬ顔で座っていたのです。力づくで引きずりだされると、「覚えてやがれ～！」的なことを言って退出したそうです。

なにか悪役の捨てゼリフみたいですよね。（、∀ˊ）

曾丹《そたん》は後世になって高い評価を受けるようになった歌人です。

かくいうボクも彼の大ファンで、今まで一万回以上は口ずさんでいるように思います。自分の恋愛経験数とは無関係ですが…。

抑えられない恋心

39番

浅茅生《あさぢふ》の　小野《をの》の篠原《しのはら》　忍《しの》ぶれど
あまりてなどか　人《ひと》の恋《こひ》しき
（源　等《みなもとのひとし》・880〜951）

どうにもならん！めっちゃ好きーーーーー!!!!

源　等《みなもとのひとし》は国司《こくし》を歴任し、最終的には参議《さんぎ》まで昇進しました。参議《さんぎ》とは中納言《ちゅうなごん》に次ぐ要職《ようしょく》です。

『百人一首』に選出されるような歌人でありながら、彼が詠《よ》んだ歌はほとんど残っていません。おそらく散逸してしまったのでしょう。残念です。彼はすべての歌を味わってみたくなるような歌人ですから。

「浅茅生《あさぢふ》」とは背の低い茅《ちがや》の生えている野原、「篠原《しのはら》」は茅《ちがや》より背の高い篠竹が生い茂っている野原の意味です。

まわりと比べて伸びて目立ってしまう竹と、隠そうとしても隠せない自分の恋心を重ねているのですね。

この歌にある「人」は「愛しい女性」の意で、「(浅茅生《あさじう》が生えている小野の篠原の「しの」じゃないけどさ)忍んでも忍んでも抑えきれないんだよな」などと解釈すればよいでしょう。

浅茅《あさじ》や篠竹のザワザワと風に揺れる音が、動揺する恋心をにおわせるまさに名句だと思います。

別れても好きな人

77番

瀬《せ》を早《はや》み　岩《いは》にせかるる　滝川《たきがは》の
われても末《すゑ》に　逢《あ》はむとぞ思《おも》ふ
（崇徳院《すとくいん》・1119〜1164）

別れても
またひとつになる滝みたいに
最後は一緒に暮らそうぜ

崇徳院《すとくいん》は平安末期の天皇。
優れた歌人でもあり、数々の歌合《うたあわせ》を主催、歌の業界を盛り上げました。
歌業界の発展には貢献した彼ですが、政治のシーンでは後白河法皇《ごしらかわほうおう》と争い、保元《ほうげん》の乱《らん》（1156）で敗れ、流刑地《るけいち》である讃岐《さぬき》（香川県）で亡くなりました。

ひたすら都へ帰ることを望み、写経《しゃきょう》をくり返していたといいます。

都へ恨みをもって亡くなったため、死後は怨霊《おんりょう》となったと伝えられています。

77番は超有名な歌ですよね。

強く岩にぶつかりふたつに切り裂かれた滝川の水も、必ず最後は合流し一緒になります。そのように、今は風当たりが強くともまた再会しようよ、と詠《よ》んでいるのですね。「瀬を早み」の「～を…み」は「～が…ので」と訳す重要な表現です。1番の「苫《とま》を荒《あら》み」しかり、48番の「風をいたみ」しかり、この表現の使用されている歌は多いですね。

恋の歌ですから、「おまえとぜったい離れないぞ！」という強い情熱を感じさせますが、後に島流しになった運命を考えると、「ぜったい都へ帰るぞ」という意味にも思えてきます。

島流しになる前に詠《よ》んだ歌なので、崇徳院《すとくいん》自身にそんな意図はありませんが…。気が強く、執念深い彼の性格がにじみ出ているように感じます。

恋のツラさに涙がとまらない

82番

思《おも》ひわび　さても命《いのち》は　あるものを
憂《う》きにたへぬは　涙《なみだ》なりけり

（道因法師《どういんほうし》・1090〜没年不詳）

フラれたけれどあの子しか勝たん
涙がとまらん！　けれど死ねない！

道因法師《どういんほうし》は平安末期の歌僧《かそう》です。
とにかく歌道《かどう》に対する執着心が、すこぶる強い人物であったようです。
90歳になって耳が遠くなってもなお、歌を吟《ぎん》ずる人の近くに寄り添って耳をそばだてていたそうですよ。愛すべき歌バカですね。

彼の死後、藤原俊成《ふじわらのとしなり》（83番）が生前の業績《ぎょうせき》を称えて『千載和《せんざいわ》歌集《かしゅう》』に道因《どういん》の歌を数多く撰集《せんしゅう》したところ、夢に出て来て涙を流してお礼を言ったという話が鴨《かもの》長明《ちょうめい》の歌論『無名抄《むみょうしょう》』に掲載されています。長明《ちょうめい》は、「道因《どういん》ほど歌道《かどう》に情熱のある人はいない」と評しています。

82番は「命」と「涙」が対比されていますね。恋の思いに耐えられなくても私の命が絶えることはないが、私の涙は絶えず流れ落ち消えてしまう。

「涙の野郎、我慢できずに流れやがって…」なんて感じでしょうか。おもしろい言いまわしですよね。

「涙」は80番でとり上げた「黒髪」と同じく心の象徴なのです。耐えられず涙（心）はポロポロと流れ落ちてしまうけれど、命（肉体）はなくならない。心は死んだようになっているのに死ねない。今の自分はまるで「生《い》ける屍《しかばね》」のようだと詠《よ》んでいるのです。非常に巧みな比喩《ひゆ》（見立て）ですね。

ちなみに「露《つゆ》」は涙や命のたとえにもなる言葉です。

流れる涙を月のせいにしたい

86番

嘆《なげ》けとて　月《つき》やは物《もの》を　思《おも》はする
かこち顔《がほ》なる　わが涙《なみだ》かな

（西行法師《さいぎょうほうし》・1118～1190）

好きピのことで
涙がとまらん　どうしよう～
って、いやいや違いますよ～
月を見て泣いてただけですよ～

西行《さいぎょう》は平安末期の歌僧《かそう》です。
能因法師《のういんほうし》（69番）などと同じく、全国を旅したさすらいの歌僧《かそう》でした。
松尾芭蕉《まつおばしょう》も彼に影響を受けています。

86番は、「なげけと言って月がもの思いをさせるだろうか。いやそんなことはない。なのにツライ恋の涙を月のせいにしてしまうのだ」と詠《うた》っているのです。「かこち顔なるわが涙」は擬人法の一種です。

西行《さいぎょう》は桜と月を愛した男です。そんな彼のロマンが詰まった歌を紹介します。

願《ねが》はくは　花の下《もと》にて　春死《はるし》なん　その如月《きさらぎ》の　望月《もちづき》の頃《ころ》

超訳　どうせなら桜と月が美しい2月15日に死にたいなぁ

「如月《きさらぎ》」とは旧暦二月の春の頃、「望月《もちづき》」とは十五夜の満月のことです。信じられないことに、西行が亡くなったのは文治《ぶんじ》6年（1190）の2月16日だったそうです。

究極の風流人ここにありって感じですね。

人は寿命を自由にできません。しかしこの逸話を聞いてしまうと、「西行《さいぎょう》のように強い意志があればもしかしたら…」なんて思ってしまうのですね。

私のこと忘れるなんてありえないから！

58番

有馬山《ありまやま》　猪名《ゐな》の笹原《ささはら》　風《かぜ》吹《ふ》けば
いでそよ人《ひと》を　忘《わす》れやはする
（藤原賢子《ふじわらのかたこ》・999年頃〜没年不詳）

「ボクのこと　覚えてる？」Ｆｒｏｍ彼
はーーー!?
忘れていたのは　そっちでしょ!?

藤原賢子《ふじわらのかたこ》は平安中期から後期の歌人です。
父は藤原宣孝《ふじわらののぶたか》、母はあの紫式部です。
母と共に中宮彰子《ちゅうぐうしょうし》に仕えました。紫式部は引っ込み思案で陰キャだったようですが、娘の賢子《かたこ》は陽キャで数々の貴公子との恋愛遍歴もありました。
「有馬山《ありまやま》」は今の神戸市北区有馬町の辺りにあった山、「猪名《いな》の笹原《ささはら》」とはその付近を流れる猪名川《いながわ》のほとりにあったという笹の野原のことです。

この歌は、通いが途絶えがちな男が「オレのことを忘れたのかい」などと言ってよこしたときに、その返事として詠《よ》んだ歌と詞書《ことばがき》（歌の説明書きのようなもの）にあります。

現代でいう、「やっほー元気～？」などと、こちらの気持ちも考慮せずに無神経にLINEをしてくるKY男でしょうか…。

「風が花を散らす」という表現は死を暗示しますが、「花が風になびく」という表現になると「男が愛情を注ぐと女がなびく」という意味になるのです。「風」が愛情、「花」が女性のたとえとなっています。

「ハンパな風（誘い）吹かせてるんじゃないわよ」とムスっとした賢子《かたこ》が目に浮かぶようです。風になびくざわざわという笹の音で、心の動揺も連想させていますね。あざやかなイメージが心に残る歌だと思います。

フラれて、泣いて、血の涙

90番

見《み》せばやな　雄島《をじま》のあまの　袖《そで》だにも
濡《ぬ》れにぞ濡《ぬ》れし　色《いろ》はかはらず
（殷富門院大輔《いんぷもんいんのたいふ》・生年不詳〜1200）

見てよこの赤に染まった服の袖
あんたのせいで血の涙流し中

殷富門院大輔《いんぷもんいんのたいふ》は『百人一首』に限らず、さまざまな勅撰集《ちょくせんしゅう》に歌が残されている平安末期の女性歌人です。
後白河天皇《ごしらかわ》の皇女《こうじょ》である殷富門院《いんぷもんいん》（89番の式子内親王《しょくしないしんのう》の姉君）に仕えたので、

その名前で伝わっています。本名は残っていません。

彼女は藤原俊成《ふじわらのとしなり》（83番）を師と仰ぎ、定家《ていか》・寂蓮《じゃくれん》などとも親交が深かったようです。

男性陣に混ざって、歌を詠《よ》む才能あふれる女性だったのでしょう。

涙を表す表現に「袖《そで》の露《つゆ》」「袖《そで》の時雨《しぐれ》」などがあります。

着物の袖《そで》で涙を拭き、濡れることからそう表現されるんですね。

そして、泣いて泣いて涙がかれた後に流れるのが「紅涙《こうるい》」、いわゆる血の涙です。

「いつも海にいて袖《そで》が濡れている雄島《おじま》の漁師であっても袖《そで》の色は赤くならないのに、私の袖《そで》はあなたのせいでこんなに赤くなってしまったのよ」と詠《よ》んでいるのです。

「雄島《おじま》」は現在の宮城県の松島にある島の一つ。

「あま」は「海人・海女・海士」などと表記される男女兼用の古語です。

裏切ったね？　ただじゃあおかないよ

38番

忘《わす》らるる　身《み》をば思《おも》はず　誓《ちか》ひてし
人《ひと》の命《いのち》の　惜《を》しくもあるかな

（右近《うこん》・生没年不詳）

ウチはいいのフラれても
でも裏切ったあんたはね
罰が当たってきっと死ぬ
大丈夫そ？

右近《うこん》は醍醐《だいご》天皇の皇后《こうごう》である穏子《おんし》に仕えた女房です。右近とは右近衛少将《うこんえのしょうしょう》であった父の藤原季縄《ふじわらのすえなわ》の官名。当時の女房は、父や親族の官名でよばれることがありました。

右近《うこん》は色恋沙汰も多く、モテモテの女性だったようです。

38番の歌の相手は当時の権力者であった藤原時平《ふじわらのときひら》の三男で、これまた色男として名高い藤原敦忠《ふじわらのあつただ》（43番）でした。

『大和物語《やまとものがたり》』にこの2人の歌のやりとりがのっています。

『大和物語《やまとものがたり》』八一段に、38番が所収されており、その前文に「女から愛の約束を忘れた男に送った歌」という次の詞書《ことばがき》があります。

「男の、『忘れじ』とよろづにかけてちかひけれど、忘れにけるのちに言ひやりける」

「愛を誓ったくせに約束を守らないなんて許せない。これからあなたの命がどうなっても知らないわよ」と右近《うこん》は敦忠《あつただ》に告げたのですね。

ひたすら恨みを相手にぶつけているようにも思われますが、ここは「ふん、知らないからね」くらいのかわいげある歌ととっておきましょう。

約束をする時のおまじない「針千本飲～ます」を思い出す歌ですね。

約束破ったな

42番

契《ちぎ》りきな　かたみに袖《そで》を　しぼりつつ
末《すゑ》の松山《まつやま》　波越《なみこ》さじとは
（清原元輔《きよはらのもとすけ》・908〜990）

泣きながら誓った愛は嘘でした？

清原元輔《きよはらのもとすけ》は清少納言の父、清原深養父《きよはらのふかやぶ》の孫にあたる人物です。

951年、村上天皇によって『後撰和歌集《ごせんわかしゅう》』撰集《せんしゅう》の命が発せられ、宮中の梨壺《なしつぼ》という場所に和歌所が設けられました。

和歌所とは和歌集の撰述《せんじゅつ》などを行うため、臨時に設置される宮中の役所のことです。

その主要メンバーの5人は「梨壺《なしつぼ》の5人」とよばれています。

清原元輔《きよはらもとすけ》、紀時文《きのときぶみ》・大中臣能宣《おおなかとみのよしのぶ》（49番）・源　順《みなもとのしたごう》・坂上望城《さかのうえのもちき》の5人です。

ボクは「梨壺《なしつぼ》ファイブ」と名付けております。

42番は女にフラれた男に依頼され、作った歌と伝えられています。

「末の松山」とは宮城県多賀城《たがじょう》にある丘のことだといわれています。

そこは海辺に面している場所ですが、決して津波が押し寄せることのない場所で、事実、東日本大震災のときでも、多賀城《たがじょう》の松に波が押し寄せることはなかったようです。

波が「末の松山」越えることなどありえないのと同じで、他の人に心変わりをすることなどありえないという内容です。

そんなありえない裏切りをされた依頼人には、すこし同情してしまいます。

あたしの部屋にはまだ入れないわ

62番

夜《よ》をこめて　鳥《とり》の空音《そらね》は　はかるとも
よに逢坂《あふさか》の　関《せき》はゆるさじ
（清少納言《せいしょうなごん》・生没年不詳）

絶対にうちはNG入れないわ
あのアホ門番とは違うのよ

清少納言は、清原元輔《きよはらのもとすけ》（42番）を父に、清原深養父《きよはらのふかやぶ》（36番）を曾祖父《そうそふ》にもつバリバリの歌詠《うたよ》みの名門の出身。
平安中期の随筆《ずいひつ》の傑作『枕草子』の著者でもあります。

一条天皇の中宮《ちゅうぐう》である定子《ていし》に仕えましたが、定子《ていし》の死後、宮仕《みやづか》えを退《しりぞ》きました。

彼女の晩年については、はっきりしておりません。

清少納言は漢文にも強かった!

「逢坂《あふさか》の関《せき》はゆるさじ」とは、男性と一夜を過ごすつもりはないと暗に指し示す言いまわし。

「鳥の空音」は中国の歴史書である『史記《しき》』に出てくる以下の故事がベースになっている表現です。

孟嘗君《もうしょうくん》という人が殺されそうになって函谷関《かんこくかん》の関所まで逃げてきた。関所が開くのは朝、このままでは追いつかれてしまう。

そこで手下に「朝が来たよ～」と夜明けを告げる鳥のマネをさせると、開門したのでうまく逃げることができたというお話。

『枕草子』のなかでは、そんな故事を話題に出してボーイフレンドの藤原行成《ふじわらのゆきなり》と知的なやりとりをした、と記されています。少しご紹介しましょう。

夜更けまで行成《ゆきなり》と話し込んでいたときに、彼は「用事があるので」と言って帰ってしまう。

翌朝、彼は「昨日は夜明けを告げる鳥の声にせかされて帰りました」と言いながらやってきたのですが、「函谷関《かんこくかん》の鳥の鳴きマネのおつもりですか？」と清少納言がなじります。すると行成《ゆきなり》は「同じ関所なら逢坂《おうさか》の関《せき》がよいなあ。あなたと一夜をすごせたらなあ」と言うので、この62番を詠《よ》んだということになっています。

函谷関《かんこくかん》の関所の番人は開門したとしても私の部屋にはあなたを通すわけにはいかないわというふうに、漢文をふまえて詠《よ》んだのですね。

行成《ゆきなり》は書道の大家で漢文の素養《そよう》のあふれた人物。

彼は清少納言というとびきりの才女を前にして、日ごろからこのようなやり取りをして楽しんでいたのですね。

清少納言《せいしょうなごん》
藤原行成《ふじわらのゆきなり》
シャッ
あ
すまない
このあと
用があるので
失礼する
ハァ!?
お早う
昨日は
失礼した
さ!
続きを…
シャッ
カッチーーン
イラァ…

行成～!!
あの態度ナニ？
秘め事を業務化
すんなっつーの!?
マジ出禁
絶対出禁
決定だし！

ドキッ
同じ関なら
逢坂の関が
よいな
ともに一夜を
過ごしたい
ものだ
くっ
恋の兵法は
先にキュン♥した
ほうの負け説

あなたのためなら破滅してもかまわない

20番

わびぬれば　今はた同じ　難波《なには》なる
みをつくしても　逢《あ》はむとぞ思ふ
（元良親王《もとよししんのう》・890〜943）

不倫がバレてまじ詰《つ》んだ
だけど好きピに逢えるなら
いっそ消えてもいいかもな

元良親王《もとよししんのう》は『大和物語《やまとものがたり》』などに色好みとして登場します。
非常に美しい外見で情熱的な皇子であったと伝えられています。
この20番の恋の相手は宇多《うだ》天皇の后《きさき》である褒子《ほうし》だといわれています。

つまり超偉い人の奥さんとの不倫関係ということです。

そんなかなり危険な関係が、いつの間にか世間に知れわたっていたようです。大物有名人の不倫みたいなケースでしょうか。そんな場合、見苦しい言い訳をくり返す芸能人などをよく見かけますが、元良親王《もとよししんのう》はそんな人とは一味違います。言い訳をするどころか、「あの人に逢えるならもうどうにでもなれ」なんて開き直っているのです。図太いというか破滅的というか……。

「みをつくし」とは舟が浅瀬に乗り上げないように立てられた目印のことです。難波潟《なにわがた》では浅瀬のあちこちにこの道標《みちしるべ》があったようですね。

これに「この身をささげる」の意の「身を尽くし」が掛けられているわけです。皇位継承者にもなれず、行き場を失った彼と、行き場を求めてさまよう舟のイメージが見事にクロスしますね。

この許されぬ恋の結末を知りたくありませんか?

ボクが調べたなかでは、親王《しんのう》が罰せられたという記録を見つけることはできませんでした。そこになぜかほっとしている自分がいたのです。

内緒であなたに逢いたいな

25番

名《な》にし負《お》はば　逢坂山《あふさかやま》の　さねかづら
人に知られで　くるよしもがな
（藤原定方《ふじわらのさだかた》・873〜932）

こっそり君に逢えるなら
巻きついてもう二度と離れないのに

藤原定方《ふじわらのさだかた》は妹（姉とする説も）の胤子《いんし》が宇多《うだ》天皇の后《きさき》となり、その子供が皇太子となると、どんどん出世して大臣となりました。

この皇太子が醍醐《だいご》天皇となって即位し、『古今和歌集《こきんわかしゅう》』の撰集《せんしゅう》を命じた時、後援者《こうえんしゃ》になって歌壇《かだん》を支えた中心人物です。

また和歌のセンスのほかに、漢詩や楽器の才能もあったそうです。

25番にある「さねかづら」はツル状の植物で柱や壁に巻き付いてからまってしまうことから、人を引き寄せる植物とされていました。

「くる（繰る）」という古語には「手繰《たぐ》り寄《よ》せる」という意味があります。

巻き付いて離れない「さねかづら」に対して「自分の愛する人に巻き付いて引き寄せてくれ、そしたらずっと一緒にいるから」と頼んでいるのですね。

89番（106ページ）の「定家葛《ていかかずら》」の歌と合わせて味わってみてください。

そうそう「さねかづら」は冬になると赤い実をつける植物でもありました。

運命の人とは赤い糸で結ばれている、という「赤い糸の伝説」を思い出します。

ひたすら一途な愛を感じるロマンチックな草花なのですね。

身を滅ぼすような恋をしたら

48番

風《かぜ》をいたみ　岩《いわ》うつ波《なみ》の　おのれのみ
砕《くだ》けて物《もの》を　思《おも》ふころかな

（源重之《みなもとのしげゆき》・生年不詳～1003）

岩にぶつかる波みたい オレの心も木端《こっぱ》微《み》塵《じん》！

源重之《みなもとのしげゆき》は三十六歌仙にも選ばれた平安中期の歌人です。

清和《せいわ》天皇のひ孫にあたる高貴な家柄の出ながら、後ろ盾を無くしてからは官位の昇進がはかばかしくなくなり、国司《こくし》として地方を巡ることになった人物です。

激しい風に煽《あお》られた波が岩を打っても、砕けるのは波のほうだけで、岩はびくともしないものです。

48番の場合、「波」を自分に、「岩」を振り向いてくれない女性と考えれば、非常に理解しやすいと思います。

「風をいたみ」のように「～を…み」のような形は「～が…なので」のように訳す原因理由の用法です。よって「風が激しいので」と訳すことになります。

48番だけでなく、1番や77番なども該当します。

以前、授業でこの48番を理解させるために、「～を…み」という用法を説明していたときのこと。「山を茂み」という例文をあげ、解釈させようと「はい、『山を茂み』、訳して」とある女生徒に尋ねたところ、なんとその生徒は「私は山尾《やまお》茂美《しげみ》ではありません」と答えたのです。

一瞬の沈黙の後、みんな腹をかかえて笑ったのでした。

それ以来、48番に出くわすと、この出来事を思い出すようになりました（笑）。

秘めた恋、バレるならいっそ死のうかな

89番

玉《たま》の緒《を》よ　絶《た》えなば絶《た》えね　ながらへば
忍《しの》ぶることの　弱《よわ》りもぞする

（式子内親王《しょくしないしんのう》・1149〜1201）

秘めたラブ耐えて苦しいくらいなら
いっそ死ぬのもありよりのあり

式子内親王《しょくしないしんのう》は平安末期の女性歌人で、斎院《さいいん》として賀茂神社《かもじんじゃ》に奉仕しました。
「斎院《さいいん》」とは結婚が許されない神聖な女性。
彼女は斎院《さいいん》を退《しりぞ》いてからもずっと独身をつらぬいた皇女《こうじょ》です。

89番はそんな彼女の人生を重ね合わせると、非常にミステリアスですよね。結婚を許されない女性が「この秘密の恋が人に知れるくらいなら、いっそ死んだほうがマシだわ」とそっとつぶやいた歌なのです。

そんな式子内親王《しょくしないしんのう》の意中の相手がなんと、この『百人一首』を作った藤原定家《ふじわらのていか》だったという言い伝えがあります。

2人が本当に恋人関係だったのかは神のみぞ知るですが、定家《ていか》の日記には式子内親王《しょくしないしんのう》が度々登場します。

そんな妄想をもとに作られたのが謡曲《ようきょく》「定家《ていか》」です。定家《ていか》は死後、葛《かずら》になって式子《しょくし》内親王《ないしんのう》の墓石《はかいし》に絡みついて離れなくなってしまうというお話です。

ちなみにツル性の植物「定家《ていか》葛《かずら》」はこの伝説からの名称です。

ヒミツの恋にひとり泣く

海底に沈むような恋だから誰にも知られず泣いちゃうの

92番

わが袖《そで》は　潮干《しほひ》に見《み》えぬ　沖《おき》の石《いし》の
人《ひと》こそ知《し》らね　乾《かは》く間《ま》もなし

（二条院讃岐《にじょういんのさぬき》・1141頃〜1217頃）

二条院讃岐《にじょういんのさぬき》は平安末期から鎌倉初期にかけての女性歌人です。
二条天皇に女房として仕え、その後は後鳥羽院《ごとばいん》（99番）の中宮任子《ちゅうぐうにんし》に仕えた後、出家しています。一度離れた職場に再雇用されるわけですから、きっと優秀な人材だったのでしょう。実際彼女は当時を代表する女性歌人です。

百人一首にとられているこの92番から、「沖の石の讃岐《さぬき》」ともよばれました。

「潮干《しおひ》に見えぬ沖の石」とは、いつも海の底に沈んでいて決して乾くことのない石のこと。

引き潮になってもけっして乾かないこの石に「人に話せない秘密の恋をして泣き濡れている自分」をたとえているのですね。

彼女の父・源頼政《みなもとのよりまさ》もすぐれた歌人であり、名のある武将だったようです。父とともに歌合《うたあわせ》に参加したという記録が残っています。

しかし、父は平家打倒を企《くわだ》てるも敗れ、自害してしまいます。平家全盛のときですから、娘の讃岐《さぬき》は非常に片身の狭い思いをしたのではないでしょうか。

92番は恋歌ですが、そんな讃岐《さぬき》の境遇を重ね合わせてみると、悲恋のせいだけではなく、悲運の父を偲《しの》んで人知れず涙を流す彼女の姿が浮かび上がります。

悲恋のせいか、それとも悲運の父のために泣き濡れたのか…。

それは海底に沈む沖の石のように誰も知ることができないのです。

フラれたってウワサされてるんだけど…涙

65番

恨《うら》みわび　乾《ほ》さぬ袖《そで》だに　あるものを
恋《こひ》に朽《く》ちなむ　名《な》こそ惜《を》しけれ
（相模《さがみ》・生没年不詳）

失恋で涙拭く袖ヨレヨレよ
ウワサも流れて悔しさMAX

相模《さがみ》は平安中～末期の女性歌人です。
後朱雀《ごすざく》天皇の皇女《こうじょ》である祐子内親王《ゆうしないしんのう》に仕えました。
この頃から歌詠《うたよ》みとして名高く、相模守大江公資《さがみのかみおおえのきんより》に求愛されて結婚し、任地である相模《さがみ》（今の神奈川県）に下っています。

相模《さがみ》という呼び名は夫の任地から名づけられました。

このように女性の呼び名は夫や父親の任地から付けられることがあったのです。

一夫多妻であった当時、男には色恋沙汰のウワサがつきものでした。

ただしあまり度が過ぎると、「あいつは女にルーズだ」的なウワサが知れわたって、任官《にんかん》に影響することもありました。正妻に対する遠慮もありますしね。

そういった事情もあって男は暗闇のなか、身をやつして暗闇に紛れて多くの女のもとに通っていたのでした。

対して女性は、１人の男をひたすら待つのが賢女《けんじょ》とされていました。

複数の男とのウワサを立てられたり、夫の通いが途絶えているのをまわりに知られたりすることを非常にイヤがっていたのです。

複数の男性と交際したというウワサのある和泉式部《いずみしきぶ》や小野小町に対して、常に悪評が絶えないのはそんな時代背景に要因があります。

恋愛のウワサはもうこりごり

65番は永承《えいしょう》6年内裏《だいり》歌合《うたあわせ》で相模《さがみ》が勝利した歌です。

相模《さがみ》は夫の浮気に泣かされ、離婚後、数々の男性と浮き名を流した女性であることを念頭に味わってみましょう。

「干さぬ袖《そで》」というのはいつまでたっても乾かない袖《そで》の涙という意であり、失恋で流す涙を着物の袖《そで》で拭きすぎて、すっかり痛んでしまったという内容です。

「恋に朽《く》ちなむ名」というのは、思い通りにいかない恋のためにたてられた悪評のこと。このようなウワサをされることは自分にとって涙を流すほど悔しいと詠《よ》んでいるのですね。

彼女の父は酒呑童子《しゅてんどうじ》（＝鬼の親玉）や土蜘蛛《つちぐも》（＝クモの妖怪）退治の武勇伝《ぶゆうでん》で知られる源頼光《みなもとのよりみつ》。古代の英雄です。

相模《さがみ》は「娘の醜聞《しゅうぶん》は父親の恥になるのではないか」と思っていたのではないでしょうか。そう考えると最後の「名こそ惜しけれ」がより切実になりますね。

腕枕はお断り!?

67番

春《はる》の夜《よ》の　夢《ゆめ》ばかりなる　手枕《たまくら》に
かひなく立《た》たむ　名《な》こそ惜《を》しけれ
（周防内侍《すおうないし》・生没年不詳）

あなたの腕で寝たせいで
ウワサが立つのはごめんなの
たった一夜のことでもね

周防内侍《すおうないし》は平安中期から後期にかけての女性歌人です。
父の平　棟仲《たいらのむねなか》が周防《すおう》（山口県）の国司《こくし》であることからこのような呼び名がつきました。

後冷泉《ごれいぜい》、後三条《ごさんじょう》、白河《しらかわ》、堀河《ほりかわ》という四代の帝《みかど》に仕えた言わばバリバリのキャリアウーマンです。

宴《うたげ》の席で、ふと周防内侍《すおうないし》が「ああ、眠いわ。枕がほしいわね」とつぶやいた時に、大納言忠家《だいなごんただいえ》が「じゃあ、ボクの手（=腕《かいな》）を枕にしてはどうですかね」と告げたときに詠《よ》んだのが67番です。

「手枕なんかされたらウワサが立っちゃいますよね～」って感じでしょうか。

「かひ」に「甲斐《かい》」と「腕《かいな》」の意が掛けられています。

わるいウワサが立つことをマジに心配しているのではなくて、一種のじゃれ合いというか、遊戯《ゆうぎ》なのです。

60番の小式部内侍《こしきぶのないし》、62番の清少納言の歌にも同様の趣《おもむ》きを感じます。

その場に出仕していた女性たちはきっと「きゃ～エロい～」と騒いで面白がったのでは。

プレイボーイは遠慮します

72番

音《おと》に聞《き》く　高師《たかし》の浜《はま》の　あだ波《なみ》は
かけじや袖《そで》の　ぬれもこそすれ
（紀伊《きい》・生没年不詳）

超有名なチャラ男《おとこ》
近づくことはいたしません
だって傷つくことが怖いんだもん

紀伊《きい》は平安後期の女性歌人です。
後朱雀天皇《ごすざくてんのう》の中宮嫄子《ちゆうぐうげんし》に出仕《しゆつし》したときは「中宮紀伊《ちゆうぐうきい》」、祐子内親王家《ゆうしないしんのうけ》に出仕《しゆつし》したときは「祐子内親王家紀伊《ゆうしないしんのうけのきい》」とよばれました。

72番は康和《こうわ》4年（1102）の堀河《ほりかわ》天皇主催の歌合《うたあわせ》のときに詠《よ》まれた歌です。紀伊《きい》の相手は歌道の名門の出である藤原俊忠《ふじわらのとしただ》でした。定家《ていか》（97番）の祖父であり、俊成《としなり》（83番）の父に当たる人物です。

俊忠《としただ》がまず以下のような歌を紀伊《きい》に詠《よ》みかけます。

人知《ひとし》れぬ　思《おも》ひあり　その浦風《うらかぜ》に　波《なみ》のよるこそ　言はまほしけれ

超訳　誰も知らないこの思い。夜の間《ま》にきみに寄りたいと願っているんだ。まるで海風吹いてさざ波がそっと岸辺に寄るように

この「こっそりとあなたの許《もと》に通ってもよいかな」という歌に対して、紀伊《きい》は72番で「プレイボーイはお断り」と詠《よ》んで受け流したのです。

「高師《たかし》の浜《はま》」は現在大阪府堺市にある海岸、「あだ波」はたいした風でもないのに立つ波のこと。浮気な人の心にたとえられます。

このときの紀伊《きい》は70歳前後、俊忠《としただ》は30歳前だったそうです。

…え？

朝に別れるツラさ、また逢えるまでの寂しさ

52番

明《あ》けぬれば　暮《く》るるものとは　知《し》りながら
なほ恨《うら》めしき　朝《あさ》ぼらけかな
（藤原道信《ふじわらのみちのぶ》・972〜994）

また今夜逢えることだとわかっていても一度別れる朝がイヤ

藤原道信《ふじわらのみちのぶ》は平安中期の歌人で、45番の藤原伊尹《ふじわらのこれただ》の孫にあたる人物です。道信《みちのぶ》は994年に大流行した疱瘡《ほうそう》（天然痘《てんねんとう》）のため、23歳の若さで亡くなったと伝えられています。

とにかくイケメンで、彼が歩いていると女性のほうから声をかけたと伝えられています。逆ナン！

52番は『後拾遺和歌集《ごしゅういわかしゅう》』の詞書《ことばがき》に「**女のもとより雪降り侍りける日、かへりてつかはしける**」とあることにより、女の家から帰った雪の朝に詠《よ》んだことがわかります。

「日が暮れるとまた逢えるとはわかっているけれど、ほのぼのと夜が明けるのを見るとつい恨めしくなってしまうよ」と女に告げているのです。

通《かよ》い婚《こん》をする女性との別れがさみしいんだと、ストレートに詠《よ》んだ歌ですね。小難《こむずか》しいテクニックをまったく使用していません。51番とは対照的ですね。

こういうストレートな告白が相手の心にどストライクに刺さるものなのです。

道信《みちのぶ》に関する言い伝えに、興味深いものがあります。

それは亡霊となった小野小町（9番）と、寿命と引き換えに歌の才能をもらったというもの。

そう言われてみると、この歌には小町を彷彿《ほうふつ》とさせるかわいさがあるような…。

好きな人のためにもっと生きたいと思ったとき

50番

君《きみ》がため　惜《を》しからざりし　命《いのち》さへ
長《なが》くもがなと　思《おも》ひけるかな
（藤原義孝《ふじわらのよしたか》・954～974）

いつ死んでもいいと思ってた
だけど今
君と一秒でも長く生きたいと思うんだ

藤原義孝《ふじわらのよしたか》は45番の藤原伊尹《ふじわらのこれまさ》の三男です。『大鏡《おおかがみ》』や『栄華物語《えいがものがたり》』といった平安時代の歴史物語に「御かたちありがたし（＝たぐいまれなる美貌の持ち主）」などと評されています。

それはそれはありがたいほどのイケメンだったようで、様々なエピソードが残っています。

雪の日、梅の枝を手折《てお》ろうとしたとき、濃い藍色の着物に降りかかった雪をまとった彼の姿はたとえようもなくセクシーだったとか、たくさんの着飾った人達が集まる宮中の園遊会でも、地味な格好をした彼が最も輝いていたとか…。

あるとき「義孝《よしたか》様はどんな女性と待ち合わせしているのだろう」と人を尾行させた女房がいたそうです。気づかれないように後をつけさせると、梅の軒先にたたずみ、切なそうな声で一心に念仏を唱えていたそうです。

超イケメンではありましたが、決してチャラ男ではなかったようですね。

そりゃ、こんな人に「死んでも良いと思っていたこの僕だけど、君のためなら生きていたいと思うようになったよ」と告られたら、どんな女性でもキュンです。

残念なことに義孝《よしたか》は21歳という若さで亡くなってしまっています。歌に託した彼の望みは決して叶えられることはありませんでした。

50番は薄命の義孝《よしたか》が残した深い哀愁《あいしゅう》をまとった歌なのです。

愛されている今この瞬間なら死んでもいい

54番

忘《わす》れじの　行《ゆ》く末《すゑ》までは　かたければ
今日《けふ》を限《かぎ》りの　命《いのち》ともがな
（藤原伊周母《ふじわらのこれちかのはは》・生年不詳～996）

彼が言う「愛してるよ」に保証なし
ならば幸せ噛みしめて
今、死んでもいいと思うのよ

藤原伊周母《ふじわらのこれちかのはは》は、藤原道隆《ふじわらのみちたか》の妻です。
父は高名《こうめい》な学者であり、彼女自身も天皇にお仕えした優秀な才女だったようです。

夫である道隆《みちたか》はあの栄華《えいが》を極めた藤原道長《ふじわらのみちなが》の兄。

道隆《みちたか》は道長よりも早くに関白《かんぱく》となり、その娘の定子《ていし》は一条天皇の中宮《ちゅうぐう》に。息子2人も順調に出世し、一家はいよいよ絶頂を迎えましたが、道隆《みちたか》の急死後は、坂道を転がり落ちるように没落の一途《いっと》をたどってしまうのです。

なんとも大変な時代です。

54番は、道隆《みちたか》が伊周母《これちかのはは》のもとに通い始めた頃の歌らしいです。

まだ彼氏彼女の関係だった若いころの歌ですね。

「大好きな彼に愛されている今なら死んでもかまわないわ」という女性の一瞬の喜びを詠《うた》いあげたこの歌と、その後の彼女の身に起こる栄光と転落を重ね合わせてみると、なんともしみじみとした哀愁《あいしゅう》に包まれてしまいます。

声に出して読んでみると、「忘れじの」という歌い出し、「命ともがな」というシメが非常に心地よく感じる大好きな歌です。

この54番と46番はボクが最初に覚えた歌でもあるのです。

死ぬ前にもう一度逢いたい

56番

あらざらむ　この世《よ》のほかの　思《おも》ひ出《で》に
いまひとたびの　逢《あ》ふこともがな
（和泉《いずみ》式部《しきぶ》・979頃〜没年不詳）

最期に一度抱かれたい
思い出あの世に持ってくわ

和泉式部《いずみしきぶ》は平安中期の歌人です。
父の同僚であった橘　道貞《たちばなのみちさだ》と結婚し、娘・小式部内侍《こしきぶのないし》（60番）を産んでいます。
冷泉《れいぜい》天皇の中宮《ちゅうぐう》である昌子《しょうし》に仕えていましたが、そこにいらっしゃった第三皇子の為尊親王《ためたかしんのう》にみそめられた結果、夫との関係は破綻してしまうのです。

しかしなんと為尊親王《ためたかしんのう》は、2年ほどの交際の後亡くなってしまいます。和泉式部《いずみしきぶ》は為尊親王《ためたかしんのう》の一周忌を経て、次に為尊親王《ためたかしんのう》の弟の敦道親王《あつみちしんのう》との交際をスタートさせると、世間からは非難囂々《ひなんごうごう》。(兄とも、弟とも関係をもつとは…。)

あの紫式部なども「感心できない女」などと自らの日記に記しています。

しかし4年ほど経って敦道親王《あつみちしんのう》も他界してしまいます。この敦道親王《あつみちしんのう》との恋模様について綴ったのが『和泉式部日記《いずみしきぶにっき》』なのです。

うちひしがれる彼女に声をかけたのが、誰あろう藤原道長《ふじわらのみちなが》でした。そうして道長の娘である中宮・彰子《しょうし》に女房として出仕することになります。

そこで道長《みちなが》の信頼の厚い臣下《しんか》・藤原保昌《ふじわらのやすまさ》の妻となり、丹後《たんご》(現在の京都の北部)の任地に下るのです。

娘である小式部内侍《こしきぶのないし》が60番を詠《よ》んだのはまさにこのときのことです。

しかし娘・小式部内侍《こしきぶのないし》は子供を産んで若くして亡くなり、和泉式部《いずみしきぶ》は娘を哀悼《あいとう》する次の歌を詠《よ》んで悲嘆《ひたん》に暮れています。

とどめおきて　誰をあはれと　思ふらむ　子はまさるらむ　子はまさりけり

超訳 亡くなった娘は誰を思っているの？　残した子供？　それとも私（母）？
まぁ、やっぱり子供を思うよね～

歌に命をかけたすごすぎる女性歌手

56番は死がせまったときに彼女が詠《よ》んだ歌とされています。死ぬ前にもう一度逢いたいと切望した人はいったい誰なのでしょう。

手の込んだ技巧が一切用いられてはいない歌ですが、聞く者の魂を揺り動かす力がありますね。

おそらく歌を贈られた人は彼女のもとに急いで駆けつけたに違いありません。男性遍歴《へんれき》の多い女性なので嫌悪感を抱く人もいるかもしれませんが、この人の歌ほどストレートに心に染み入るものはないと断言します。

なぜなら彼女にとっての歌は遊戯《ゆうぎ》ではなく、魂の叫びそのものだと感じるからです。

彼女の晩年に詠《よ》まれた歌はまさしく絶唱です。

徳の高いお坊さん（性空上人《しょうくうしょうにん》）に詠《よ》んだ歌を紹介します。

お坊さんのことを月にたとえて、来世の安楽を祈念しています。

暗きより　暗き道にぞ　入りぬべき　はるかに照らせ　山の端の月

超訳　真っ暗な闇夜《やみよ》に迷うこの私。先を照らして、ねえお月さま

「暗き道」というのは死後の世界、もしくは恋愛などの煩悩《ぼんのう》に満ちた世界をあらわす古語ですが、どちらにもとることが可能なので「闇夜」と解釈しておきました。

この項で三首ほど和泉式部《いずみしきぶ》の歌を紹介しましたが、まだ飽き足りません…！

ボクは和歌のリアルを和泉式部《いずみしきぶ》から学びました。

正真正銘の天才女性歌人だと思います。

2章

無常を感じるときも和歌っしょ！

なんか切ないときの4首

友達との死別

34番

誰《たれ》をかも　知《し》る人《ひと》にせむ　高砂《たかさご》の
松《まつ》も昔《むかし》の　友《とも》ならなくに

（藤原興風《ふじわらのおきかぜ》・生没年不詳）

次々と友は先立ちワシ独り…
新規友達ゆる募《ぼ》です

藤原興風《ふじわらのおきかぜ》は『古今和歌集《こきんわかしゅう》』の時代に活躍した人物です。三十六歌仙の1人にも数えられています。下級貴族でしたが、曾祖父《そうそふ》に日本最古の歌学書『歌経標式《かきょうひょうしき》』を著した藤原浜成《ふじわらのはまなり》がいます。

興風《おきかぜ》は貴族としての身分は低くとも、歌の世界では名家出身者なのです。34番は「自分ばかりが長生きして知りあいが誰もいなくなった。この長生きな松の木を友達とするしかないのか…」のように解釈されると思うのですが、そこには彼独特の遊びというか、一種のアイロニー（皮肉）のようなものがみられます。

この歌から歳をとる空《むな》しさや、友人との死別に対する暗さはあまり感じられません。「まあ松の木と仲良くやってりゃいっか～（笑）」って感じなのですね。

ちなみに、元の歌にある「高砂《たかさご》の松」は兵庫県高砂《たかさご》市にある加古川《かこがわ》の海岸にある老木で、古代から長寿の象徴とされてきました。

結婚式で新郎新婦が座る席のことを高砂《たかさご》と呼びます。

これは高砂《たかさご》の松が2種類の松の木（黒松・赤松）が根本で合体している松（相生《あいおい》の松）であることによるものといわれています。

高砂《たかさご》の松の2本の幹のように、ずっと仲良く寄り添って生きていくようにという名称なのですね。

どうして桜はすぐ散るの

33番

ひさかたの　光《ひかり》のどけき　春《はる》の日《ひ》に
静《しづ》心《こころ》なく　花《はな》の散《ち》るらむ

（紀友則《きのとものり》・生年不詳〜905？）

ちょい、待てや
こんなのどかな春の日に
なんで桜は散り急ぐん

春は1年の始まりであるはずなのに、音もなく散り急いでいる桜を見ると、世の無常をつくづくと感じざるを得ないと詠《よ》んでいるのですね。

冬の中にも春が、春の中にも冬が潜んでいます。

始まりの中にも終わりが潜んでいるということなのです。

季節と同じく人の一生だって、生↓老↓病↓死の4つの段階に単純に区切るわけにはいかないと思います。

生まれた直後から死は忍び寄ってくるものなのですね。

紀友則《きのとものり》は延喜《えんぎ》5年（905）に成立した『古今和歌集《こきんわかしゅう》』の撰者《せんじゃ》の一人。『古今和歌集《こきんわかしゅう》』を完成に命を燃やした人物でした。

古今和歌集《こきんわかしゅう》（838番）に、友則《とものり》の死を悼《いた》む紀貫之《きのつらゆき》の歌が掲載されています。

どうやら彼は『古今和歌集《こきんわかしゅう》』の完成前に亡くなってしまったようなのです。

そう知ってからは、33番の「桜」の落花《らっか》に彼の最期の様を重ね合わせ、何かはかないものを感じるようになりました。

友則《とものり》の歌は、しみじみとした哀愁《あいしゅう》を感じさせるものが多いです。

この歌も彼が、春になったけれど何となく空《むな》しさが抜けないとき、そっと口ずさんだものと思われます。

虫の声を聞きながら独り寝る夜

91番

きりぎりす　鳴《な》くや霜夜《しもよ》の　さむしろに
衣《ころも》かたしき　ひとりかも寝《ね》む

（藤原良経《ふじわらのよしつね》・1169〜1206）

コオロギも鳴く寒い夜
ボロ布団敷くそのさみしさよ

はぁ〜
(*´Д｀)=3

藤原義経《ふじわらのよしつね》は平安末期から鎌倉初期の政治家・歌人です。定家《ていか》たち歌人を庇護《ひご》し後鳥羽院《ごとばいん》歌壇《かだん》の中心人物として定家《ていか》とともに『新古今和歌集《しんこきんわかしゅう》』の編纂《へんさん》にも貢献していました。歌は定家《ていか》の父・藤原俊成《ふじわらのとしなり》（83番）に師事しています。何かと定家《ていか》とかかわりのある人物だったようですね。

摂政太政大臣《せつしようだいじようだいじん》にまで上りつめたので後京極摂政前太政大臣《ごきようごくせつしようさきのだいじようだいじん》という長い名称でよばれました。名前からして立派そ～。

高い官位に上りつめたところまではよかったのですが、建永《けんえい》元年（1206）の夜、寝所で突然死したそうです。

何者かに天井から槍で刺殺されたというぶっそうな話が伝わっています。偉くなると敵も増えるのは世の常でしょうか…。

91番は『百人一首』の内の秋グループに属します。

「きりぎりす」は現在のコオロギ、「さむしろ」は粗末な敷物、「衣かたしきひとりかも寝む」とは独り寝のことです。なんとも不びんな男の歌です。しかしこの歌を秋の夜はひたすら人恋しくなるという解釈だけで終わらせてはなりません。

この歌を詠《よ》む直前に彼は愛妻を突然亡くしてしまっているからです。

そのことをふまえると、結句《けつく》の「ひとりかも寝む」の箇所により悲壮感が増すのです。3番の柿本人麻呂の「あしびきの」の歌とあわせて味わいたい歌です。

止まらない人の流れ

10番

これやこの　行《ゆ》くも帰《かへ》るも　別《わか》れては
知《し》るも知《し》らぬも　逢坂《あふさか》の関《せき》

（蟬丸《せみまる》・生没年不詳）

これがあの「逢坂《おうさか》の関《せき》」かぁ
逢っては別れ、別れて逢って
人の流れは止まらないものだなぁ

蟬丸《せみまる》は何かと素性《すじょう》のはっきりしない人物です。
宇多帝《うだ》（867～931）の皇子・敦実親王《あつみしんのう》に仕える盲目の下級役人で、琵《び》琶《わ》の名手であった親王《しんのう》の奏でる音を聞いているうちに覚えてしまったとか、逢坂《おうさか》の関《せき》の近くに住んでいた隠者《いんじゃ》であったとかいわれていますが、何も明らかにはなっていません。

あわただしい逢坂の関で感じる無常

「逢坂《おうさか》の関《せき》」は今の京都（山城《やましろ》）と滋賀県（近江《おうみ》）の境にある関所でした。今でいう検問所です。当時は基本的に移住禁止。関所には関守《せきもり》（＝番人）がいて、他の土地に行こうとする人を足止めしたり、犯罪者や反逆者が逃亡しないように監視していました。

ただし、「恋の関守《せきもり》」だと恋路を邪魔する人の意味になりますがね。

人と出会う「逢ふ」と「逢坂《おうさか》の関《せき》」は掛詞になります。「逢ふ」には「夫婦の契りを結ぶ」という色っぽい意味もあるので「逢坂《おうさか》の関《せき》」は恋の歌でよく使われるキーワードです。

でもこの10番はそういった色っぽい歌ではなくて、逢坂《おうさか》の関所に行き交う数多くの人を見ている時に感じた無常をありのままに表現した歌なのですね。

ひたすら行き交う人にも無常を感じる

私たちは人が突然亡くなった場合にも空《むな》しさを感じますが、人ごみの中でも感じる時があるものです。

大勢の人が流れるように過ぎ去っていくのと同じように、この世もめまぐるしく流《る》転《てん》していくものだと10番は詠《よ》んでいるのですね。

鴨長明《かものちょうめい》の『方丈記《ほうじょうき》』の冒頭「**ゆく河の流れは絶えずして、しかももとの水にあらず。**（＝川の流れは枯《か》れることなく、常に流れているのだけれど、もとの水ではない）」にも同様の趣きを感じます。

そういえば「川の流れのように」という美空ひばりの名曲もありましたね。

3章 仕事のバイブスが高まる和歌

出世、島流し、海外赴任…
ドタバタお勤めドラマ7首

ばいぶす【バイブス】

ワクワクするような
感情の動き。

仕事がツライときこの一首

1番

秋《あき》の田《た》の　かりほの庵《いほ》の　苫《とま》を荒《あら》み
わが衣手《ころもで》は　露《つゆ》にぬれつつ
（天智《てんじ》天皇《てんのう》・626～671）

秋の田んぼで仕事なう
ボロ屋の屋根の雨漏りで
服は濡れるし、ああしんど

この歌は百人一首の一首目。一発目から仕事の歌を選ぶとは…。日本人はいつの時代も働かなければいけないと言いたげですね。
詠《よ》み手は天智《てんじ》天皇となっています。

「となっている」ということは、実際のところは不明ということです。

ではなぜ天智《てんじ》天皇が作者とされたのでしょうか。

天智《てんじ》天皇の代表的な仕事に「大化《たいか》の改新《かいしん》」があります。社会の授業で習ったはずです。覚えてますか？　この改革では税の徴収《ちょうしゅう》がし～っかり設定されました。

国民はとにかくいろいろなものを国に納めなくてはいけなかったのですが、「稲《いね》」も税収の対象でした。これがかなり厳しく、重い負担だったようです。

もしかすると、税を「集める側」が「集められる側」の歌を作ったらおもしろいだろうなという着想から、作者が天智《てんじ》天皇とされたのかもしれません。

民意に寄り添うことのできる人物は、今も昔も求められているのです。

「かりほの庵《いほ》」は稲《いね》の番をする粗末な小屋、「苫《とま》」とは藁《わら》などでつくった屋根の意味です。今でいう、さびれたブラック企業で、３６５日働きづめということでしょうか。仕事でも勉強でも、同じように苦労している人を見ると勇気が湧いてくるものです。

「もう限界だ」と思った人は1番でエネルギーチャージしましょう。

故郷が恋しい

7番

天《あま》の原《はら》　ふりさけ見れば　春日《かすが》なる
三笠《みかさ》の山に　出《い》でし月かも
（阿倍仲麻呂《あべのなかまろ》・698〜770）

長すぎる海外赴任まじぴえん
とりま月見て元気だそ

阿倍仲麻呂《あべのなかまろ》は仕事ができる優秀な役人だったので、遣唐使《けんとうし》として唐《とう》（現在の中国）に行かされました。

30年以上の駐在《ちゅうざい》を経て、やっと日本に帰る時に、「地元・奈良の三笠山の月と、ここ中国から見える月はいっしょだね」と詠《よ》んだとされる歌です。

しかし仲麻呂《なかまろ》の乗った船は日本に着くことができず、安南《あんなん》（現在のベトナム）に流れ着き、二度と故郷に戻ることはなかったといいます。

現代であっても、長い海外赴任を終えやっと日本に帰れる！と思ったら飛行機が不時着…なんてことになったらツライですよね。

遣唐使船《けんとうしせん》は中国に向かうことより、日本に帰国するほうが至難《しなん》の業《わざ》であったといいます。

唐《とう》に渡ってからの仲麻呂《なかまろ》はアンビリーバブルな活躍をします。

なんと最難関試験である科挙《かきょ》に合格し、現地の皇帝に仕えています。

この試験、3年に一度しか実施されないうえに、数千倍の倍率だとか…。

ボクは普段、大学受験対策講座を担当していますが、数千倍なんていう倍率の大学に出会ったことはありません。

そんなスーパーデキる男・阿倍仲麻呂《あべのなかまろ》は、教科書に載っているような中国の歴史人とも親交があったといわれています。

今でいうと、海外でもバリバリ活躍している野球の「オオタニサン（大谷翔平選手）」のような感じでしょうか？（笑）

和歌や漢詩において「月」は見立て（比喩《ひゆ》）となり得ます。

夜に出てきて朝方に消えていく月の周期が通《かよ》い婚《こん》のパターンと似ているからでしょうか。通ってくる男性と月を重ねたり、また、月はどの場所にいても見られることから、「月を見ることで離れ離れになっていても2人は繋がっているよ」という言いまわしをすることもあります。なにか切ないですね。

また月は、極楽浄土《ごくらくじょうど》のある西に沈むので亡くなった人との繋がりの意味を持たせることもありました。

海外でも結構リア充だったかも？

7番は「とりあえずまぁ、月を見れば、故郷と任地の中国とが繋っていると思えるよ」と詠《よ》んでいます。

彼は結局、最後まで日本に帰ることができなかったのですから、哀詞《あいし》ということになりますよね。

仕事がデキすぎたばっかりに、二度と故郷の地を踏むことができなかった仲麻《なかま》呂《ろ》ですが、意外と楽しくやっていたのではとも思います。

というのもどうやら彼には妻も子供もいたそうです。

そりゃ海外からきたエリート官僚は、唐《とう》の国でもモテたことでしょう。

向こうでは実力が認められていたわけだし、当時唐《とう》の都の長安《ちょうあん》は世界有数の国際都市。ですからそんなに寂しくなかったのでは？　と思うようにしています。

そう考えないとちょっと悲し過ぎますよね。

彼の思いは神のみぞ知るということにしておきましょう。

なかなか帰省できていない方も、たまには月を見上げて故郷を思い出すのもいいのでは？

オレはオレの道を行く！

11番

わたの原《はら》　八十島《やそしま》かけて　漕《こ》ぎ出《い》でぬと
人《ひと》には告《つ》げよ　あまの釣舟《つりぶね》
（小野篁《おののたかむら》・802～852）

あの人に伝えておくれ釣り舟よ
オレは元気に旅立つと

小野篁《おののたかむら》は今だったら、上司にしたい男性No.1という人物でしょうか。仕事ができるかっこいい男だったようですが、上司からの命令に逆らい、島流しされることになってしまったのです。仕事で部下と唐《とう》の国（現在の中国）に渡る際、「オレの大切な部下をこんなボロい船には乗せられない！」と激怒し乗船拒否したのが原因だと伝えられています。この歌はいよいよ配流《はいる》される間際に詠《よ》まれたとされています。

超訳では「人」を「あの人（＝妻・恋人）」としておりますが、これを都に残した人々と解釈してもよいかと思います。

結局2年後には赦免《しやめん》されて帰京し、参議《さんぎ》となりました。参議《さんぎ》とは大臣・大中納言《だいちゆうなごん》に続く要職です。彼は優秀な学者であり、漢詩人でもあったようです。

自分の信念を曲げないかっこいい篁《たかむら》はその後も人気で、『篁《たかむら》物語』の主人公にもなっています。物語中では、身長１９０㎝の美男子で、昼は宮中にお仕えし、夜は閻魔《えんま》大王の補佐をするために地獄に通っていたとか…。Σ(ﾟ口ﾟ)

直属の上司っていわゆる中間管理職ですよね。そういう人はとかく上にこびへつらい、部下を酷使しようとする卑怯《ひきよう》な輩《やから》が多いわけですよ。でも篁《たかむら》みたいな人が上司だったら、「オレ最後までついていきます！」ってなるでしょう。

11番の歌は、後世の篁《たかむら》像に大きな影響を与えた歌なのです。

必ず帰ってくるから

松みたく待っててくれる？なんつって笑

16番

立《た》ち別《わか》れ　いなばの山《やま》の　峰《みね》に生《お》ふる
まつとし聞《き》かば　今帰《いまかへ》り来《こ》む

（在原行平《ありわらのゆきひら》・818〜893）

在原行平《ありわらのゆきひら》は17番の業平《なりひら》の異母兄です。
父はともに平城天皇の皇子・阿保親王《あぼしんのう》ですが、業平《なりひら》の母は桓武《かんむ》天皇の皇女《こうじょ》であった伊都内親王《いとないしんのう》です。

腹違いの兄弟ですが、行平《ゆきひら》の母は身分の低い女性であったようです。

ただ、行平《ゆきひら》は政治や学問において相当な業績を残しており、中納言《ちゅうなごん》まで昇進しています。三位《さんみ》以上の官僚を「上達部《かんだちめ》」とよびますが、中納言《ちゅうなごん》も正真正銘の上達部《かんだちめ》だったのですよ。

非常に優秀で真面目な官僚タイプの人物だったようです。

色好みで恋歌の名手であった弟・業平《なりひら》とはまったく別のタイプですね。

16番は、行平《ゆきひら》が因幡《いなば》の国（今の鳥取県）の国司《こくし》となって赴任《ふにん》するときに、見送りに来た人に対して詠《よ》んだとされる歌です。

国司《こくし》は今の県知事を想像してもらえばよいでしょう。

ただし、都から派遣されて4〜6年の任期を経ないと帰京することはできませんでしたがね。

行平《ゆきひら》は摂津《せっつ》の国（今の兵庫県）の須磨《すま》に流されたことがあったようです。

『源氏物語』の主人公の光源氏も須磨《すま》に退去したこともあり、光源氏のモデルの1人とされています。

弟の業平《なりひら》の色好みも光源氏の人柄に影響を与えていますから、兄弟そろってなにかと話題の人物だったのでしょうね。

この正反対な性格の2人をモデルとした光源氏ですから、色好みで恋歌も上手くて学問もできて聡明《そうめい》で…なんてマンガのようなキャラクターになるわけです。『古今和歌集《こきんわかしゅう》』に行平《ゆきひら》が須磨《すま》にわび住まいをしていたときの歌があります。

わくらばに　問《と》ふ人あらば　須磨《すま》の浦に　藻塩《もしお》たれつつ　侘《わ》ぶと答へよ

超訳 「あの人は今」と聞かれたら　答えてほしい。オレは今、田舎で泣いて暮らしていると

その後が気がかりになる一首ですが、どうやらこのあと行平《ゆきひら》は、須磨《すま》から帰京して権力を掌握《しょうあく》した光源氏のごとく、順調に出世して優秀な官僚として活躍することになります。

いつまでも涙の雨が降り続くことはないのです。

偉い人にぜひ見てもらいたい！

26番

小倉山《をぐらやま》　峰《みね》のもみぢ葉《ば》　心《こころ》あらば
今《いま》ひとたびの　みゆき待《ま》たなむ
（藤原忠平《ふじわらのただひら》・880〜949）

インスタ映えの紅葉たち
色あせず帝が来るの待っててね

藤原忠平《ふじわらのただひら》は藤原家の繁栄の基礎を築いた人物です。
エリート一家の出身で、父は関白《かんぱく》、兄たちも政治を担う官僚でした。
とくに一番上の兄・時平《ときひら》は菅原道真《すがわらのみちざね》のライバル的存在でしたが、道真《みちざね》を大宰府《だざいふ》に左遷《させん》。

「これからは時平《ときひら》の時代か！」と思われたときに道真《みちざね》の祟《たた》りにあい（？）、早死にしたといわれています。

最終的に兄・時平《ときひら》の子孫が没落したのに対し、弟の忠平《ただひら》の子孫は繁栄しています。

忠平《ただひら》は時平《ときひら》と異なり道真《みちざね》に対してとても友好的であったため、祟《たた》りを受けなかったのではないかと伝えられてきました。

温厚な性格で多くの人から敬愛《けいあい》され、死後「貞信公《ていしんこう》」という諡《おくりな》でよばれるようになりました。

さすが忠平！　出世する人のものの言い方

小倉山《おぐらやま》は現在の京都市右京区にある標高300メートルに満たない山。

紅葉の名所ですね。『百人一首』を撰集《せんしゅう》した藤原定家《ふじわらのていか》の山荘があった場所でもあります。

26番は宇多《うだ》天皇が保津川《ほづがわ》あたりを遊覧したときに「この小倉山の紅葉を息子（後の醍醐《だいご》天皇）にも見せたい」とおっしゃったときに詠《よ》んだとされています。

もしこのときに「帝《みかど》よ、紅葉が色あせる前にいらっしゃってください」と歌を詠《よ》んだとしたら、帝《みかど》を催促《さいそく》しているように聞こえてしまいます。

けれども「紅葉よ、帝《みかど》がいらっしゃるまで色あせないでくれ」と詠《よ》んだなら無礼にはなりませんよね。

やはり出世する人は、ものの言い方が上手いものだと感心してしまいます。

「みゆき（行幸・御幸）」は天皇のお出かけを意味する古語ですが、単なるお出かけではなく、一種の儀式的・政治的な意味合いがありました。

天皇のお出ましになる場所が恩恵（＝幸）に浴《よく》することができるとされていたのです。

当時、帝《みかど》が行幸《ぎょうこう》した土地は名所として、臣下の家なら名家として世間に認められることが多々あったのです。

26番は紅葉の美しさに加えて、帝《みかど》に対する畏敬《いけい》の念をも感じさせる歌なのです。

光り輝くあなたをずっと見上げていたい

73番

高砂《たかさご》の　尾《を》の上《へ》の桜《さくら》　咲《さ》きにけり
外山《とやま》の霞《かすみ》　立《た》たずもあらなむ
（大江匡房《おおえのまさふさ》・1041〜1111）

山の桜が見事に咲いた
お願いだから霞《かすみ》よ立たないでくれ
このまま桜を見ていたいんだ

大江匡房《おおえのまさふさ》は平安後期の歌人・学者・政治家です。
優秀な学問の家柄である大江家《おおえけ》の人々の中でも飛び抜けて優秀で、詩歌《しいか》管弦《かんげん》にも精通《せいつう》していたそうです。

大江匡衡《おおえのまさひら》と赤染衛門《あかぞめえもん》（59番）夫妻のひ孫に当たります。大江千里《おおえのちさと》（23番）の子孫でもありますよ。

大江家《おおえけ》は優秀な一族であったのですが、低い官職にしかつけませんでした。しかしながら匡房《まさふさ》だけは例外で、中納言《ちゅうなごん》(10ページ参照)にまで昇進したのです。

73番は、「桜を見ていたいから、霞《かすみ》よ立たないでくれ」という解釈だけで終わらせてはいけません。

「高砂《たかさご》の尾《お》の上《え》の桜」は当時の内大臣・藤原師道《ふじわらのもろみち》の比喩《ひゆ》といわれているのです。照り輝く桜のような権門《けんもん》の師道《もろみち》様をずっと見ていたいから霞《かすみ》よ隠さないでくれと詠《よ》んでいるのですね。

国歌の「君が代」がそうであるように、自分の大切な人の無事を祈念《きねん》する歌を「ことほぎ（寿・言寿・言祝）」といいます。

73番は匡房《まさふさ》が師道《もろみち》の邸宅で山桜を見ながら詠《よ》んだことほぎの歌なのです。

仕事もできるのに、上司との付き合い方も上手いだなんて。

そりゃ出世したのも納得です。

うちの子をよろしくお願いします

75番

契《ちぎ》りおきし　させもが露《つゆ》を　命《いのち》にて
あはれ今年《ことし》の　秋《あき》もいぬめり
（藤原基俊《ふじわらのもととし》・1060〜1142）

今年こそ！　わが子の成功祈ったが神さまからはノーコメント

藤原基俊《ふじわらのもととし》は平安中期の歌人です。藤原道長《ふじわらのみちなが》のひ孫に当たる人物です。定家《ていか》（97番）の父である俊成《としなり》（83番）の師でもありました。

ただ残念ながら名家出身でありながらも、高位につくことはできませんでした。人の悪口を平気で言ってしまうというKYな逸話が多いところを見ると、排他《はいた》的《てき》な性格がわざわいしたのでしょうね。

基俊《もととし》には、光覚僧都《こうかくそうず》という息子がいました。

「この息子をなんとかいい役職（次の維摩会《ゆいまえ》の講師）に任命してくださいませ！」と権門藤原忠通《けんもんふじわらのただみち》に願い出たのです。今でいうと、親が息子の希望の就職先に直々に連絡するようなものでしょうか。

そのとき、忠通《ただみち》は「オレにまかせていれば大丈夫」的なことを言ったようですが、秋になっても息子は任命されず。そのときに詠《よ》んだ恨み節なのです。

いつまでたっても子供のことをカワイイカワイイと言って子離れしない愚かな親を、風鈴が冬になってもチャリンチャリンと鳴り響く季節外れな様子になぞらえて「親バカちゃんりん」とよびます。

75番は心の闇に迷う、親バカちゃんりんの歌ということにしておきましょう。

わたくし藤原基俊と申します…
平安中期の歌人です…
藤原基俊《ふじわらのもととし》
かつて都で栄華を極めた藤原道長のひ孫にあたります
だけど…
ズーン
閑職なんだよな〜…
あっ基俊様だっ
めんどくさっ 行こ行こっ
しかし!!
我が息子の行く末だけは
なんとかせねば!!
パパーがんばって〜
とんでもねえ親ばかである

というわけで息子をよろしくお願いいたします
OK！ボクに任せたらばっちりよ〜！
藤原忠道《ふじわらのただみち》
ってよろしいんですか？
あの方かなりねちっこいですよ〜
ん？まぁその辺はなんとかなるっしょ！
やはは
この権門とんでもなく雑である
パパ〜そろそろ冬なんだが？
チリーン
あれ!?
ヒュ〜

4章

日常にある エモを詠った和歌

心が揺れるエモーショナルな18首

えも・い【エモい】

なんとも言いあらわせない感動的な気持ち。
心が激しく動くこと。

マイペースで生きていこう

8番

わが庵《いほ》は　都《みやこ》のたつみ　しかぞ住《す》む
世《よ》をうぢ山《やま》と　人《ひと》はいふなり
（喜《き》撰法師《せんほうし》・生没年不詳）

田舎でも結構楽しくやってます

#同情いらん　#ほっといて

喜《き》撰法師《せんほうし》は不思議な人物です。

平安時代前期の歌僧《かそう》で、六歌仙（平安初期の歌の名人6人）の1人であるということ以外は情報が残っていません。

異説はありますが、彼の歌はこの8番以外は伝わっていないのです。

晩年は断食の末、仙人のように空へ飛び去ったといわれています。

「うぢ山と人はいふなり」の「うぢ山」とはどんな場所だったのでしょうか。

宇治《うじ》というと今では「宇治茶《うじちゃ》」「宇治金時《うじきんとき》」などを想像するかもしれませんが、昔は決してそんなイメージではなかったようです。

たとえば『源氏物語』の後半に、都にいられなくなって宇治《うじ》にわび住まいをしている宇治八の宮《うぢのはちのみや》という人物が登場します。

当時の宇治《うじ》は都にいられなくなった人が隠れ住む場所であり、「つらい」という意の「憂《う》し」と掛けられることが多い場所だったのです。

『源氏物語』の後半の暗い雰囲気はこの土地の名によるところが大きいのです。

ただ、この歌はそんなイメージとは正反対の明るさがあるような気がしませんか。

「みんなは私が宇治《うじ》でツラい生活をしていると言うけれど、結構楽しんでいるんだよ～」という感じで、舌をペロリとさせている彼の姿を思い描けばよいでしょう。

「同情はいらん。ほっといて！」と飄々《ひょうひょう》として、当時の人が持つ「うぢ山」の暗いイメージは微塵《みじん》も感じられません。

僧侶なのにナンパしちゃうなんて！

喜撰法師《きせんほうし》は江戸時代でも大人気でした。

歌舞伎の題材（六歌仙歌舞伎）にもなっています。

花見に現れた喜撰法師《きせんほうし》がお梶《かじ》という茶くみ娘を口説き、踊りを踊って退場するというもの。

この飄々《ひょうひょう》とした人物に憧れる人は多かったようですね。

そういえば、現在、宇治山《うじやま》は喜撰山《きせんやま》ともよばれています。

京でもしっかり人気者なのですね～。

ねぇ、この言葉の意味知ってる?

22番

吹《ふ》くからに　秋《あき》の草木《くさき》の　しをるれば
むべ山風《やまかぜ》を　あらしといふらむ
(文屋康秀《ふんやのやすひで》・生没年不詳)

「風」やっぱ
こりゃ「山」が「荒れる」なぁ
あ、だから「嵐」って言うのかも…?

文屋康秀《ふんやのやすひで》は平安前期の歌人で六歌仙の1人です。
三河国《みかわのくに》(今の愛知県)に赴任するときに小野小町を誘ったという逸話から、女性を気軽に誘う男というイメージをもたれるようになりました。

阿仏尼《あぶつに》（生年不詳～1283）という歌人の書いた鎌倉中期の日記『十六夜日記《いざよいにっき》』があります。

訴訟《そしょう》のために鎌倉に下るという深刻な内容が書かれた一種の紀行文なのですが、その冒頭近くに以下のような記載があります。

鎌倉に出向く決意の程が書かれた箇所です。

「さりとて文屋の康秀が誘うにもあらず、住むべき国求むるにもあらず」

（鎌倉に旅立つとは言っても、文屋康秀《ぶんやのやすひで》が小野小町を誘ったのではなく、住むべき国を求めるためではない。）

文屋康秀《ふんやのやすひで》はこんなふうに女性を誘うキャラとして引用される傾向があるのです。

さすが小町！　男のあしらいはお手のもの

「山」に「風」と書いて「嵐」と読み、「あらし」と読んで草木を「荒し」てしまうものというのは言葉のお遊びですね。

定家《ていか》は「百首の中にこんな遊びのある一首があったら面白いのではないか」と

考えて入れたのではないでしょうか。

そういえば高校の時、友人のKに「おまえは〝妙〟やなあ」と言われたことがあります。

「なんでそんなことを言うのや」と言い返すと、Kは「『妙』は『女』が『少』ないと書くからや」と答えたのです。

何ともバカらしい話ではありますが…。

ボクが女性に全然相手にされないことを強調しようと、そんなバカなことを言ったのだと思いますが…。よくよく考えてみれば、友人Kの言葉は文屋康秀《ふんやのやすひで》の歌のようだと言えなくはないですね。

そうそう文屋康秀《ふんやのやすひで》に誘われた小町がどうリアクションしたかご存じですか。歌を詠《よ》んでサラリと受け流したみたいですね。さすが百戦錬磨《ひやくせんれんま》の誉《ほま》れ高き小町様。

そういえば、友人Kも女性に軽く受け流される傾向があるように思われるのですが…。友への反撃はこれくらいにしておきましょう。

祭りの後の寂しさ

12番

天《あま》つ風《かぜ》　雲《くも》の通《かよ》ひ路《ぢ》　吹《ふ》き閉《と》ぢよ
をとめの姿《すがた》　しばしとどめむ
（僧正遍昭《そうじょうへんじょう》・816～890）

美少女ダンサー　ロックオン
吹く風よ　トビラを閉めて　ここにいさせて

僧正遍昭《そうじょうへんじょう》は平安初期の歌僧《かそう》で六歌仙の1人。仁明《にんみょう》天皇に仕えていましたが、天皇崩御《ほうぎょ》後、出家しました。

当時の忠誠心のある家臣は、他の君主には仕えるべきでない（「忠臣は二君に仕えず」)、という美意識に基づいて出家したと考えられています。

宮中《きゆうちゆう》の行事に豊明節会《とよのあかりのせちえ》というのがあります。五穀豊穣《ごこくほうじよう》を祈念するお祭りなのですが、そのお祭りに「五節舞《ごせちのまい》」とよばれる催《もよお》しがあります。天女に見立てた選りすぐりの5人の美少女が舞を奉納《ほうのう》する催《もよお》しです。舞姫を一目見ようと、当時の男たちは胸をときめかせたといいます。

遍昭《へんじよう》はこの舞が終わり、5人の舞姫が去っていくのを残念がって、天の門を閉めて天女のような彼女たちを帰らせないでくれと風に頼んでいるのですね。

では12番は、美しい舞姫たちに「どうか帰らないで」と歌っているただの「女好き」な男の歌なのでしょうか?

じつはこの歌は、天智《てんじ》天皇が吉野宮で琴を奏したとき、天空から舞い降りた美しい天女が舞を舞ってくれたがすぐに去ってしまった、という伝説を踏まえて詠《よ》んでいると考えられています。

12番は祭りの後の寂しさが表現された、教養あふれる名歌なのです。

帰郷しても迎えてくれる人がいない

35番

人はいさ　心《こころ》も知《し》らず　ふるさとは
花《はな》ぞ昔《むかし》の　香《か》ににほひける
（紀貫之《きのつらゆき》・868頃～945）

あの人の思いはどうか知らんけど
地元の梅の花だけは
変わらずワイを待っててや…

紀貫之《きのつらゆき》は当時の歌壇《かだん》においてなくてはならない人物です。日本最初の勅撰和歌集《ちょくせんわかしゅう》である『古今和歌集《こきんわかしゅう》』の4人の撰者《せんじゃ》である紀貫之《きのつらゆき》・紀友則《きのとものり》（33番）・壬生忠岑《みぶのただみね》（30番）・凡河内躬恒《おおしこうちのみつね》（29番）の中でリーダー的存在でしたし、『仮名序《かなじょ》』では自らの歌論も展開しています。

『仮名序《かなじょ》』は日本最古のまとまった歌論といわれています。

加えて日記文学（エッセイ）の先駆けといわれる『土佐日記《とさにっき》』の作者でもあります。なんともすごい人物です。

数多くの勅撰和歌集《ちょくせんわかしゅう》・歌論・日記文学なども彼がいなかったら生まれなかったかもしれません。

まさしく平安文学のパイオニアとよんでいい人物だと思います。

35番は貫之《つらゆき》が奈良の長谷寺《はせでら》に参詣《さんけい》する際、いつも滞在していた宿の女主人から「最近は全然来てくれなかったわね」なんて皮肉を言われたときに詠《よ》んだとされています。

「あなたが私についてどう思っているかわからないけど、梅の花は昔のようにかぐわしい香りで私を歓迎してくれているよ」などと解釈すればよいでしょう。

こうやって松や竹や梅はよく擬人的に用いられることがあるのですよ。

久しぶりに友達に逢えたのに

57番

めぐり逢《あ》ひて　見《み》しやそれとも
わかぬ間《ま》に　雲隠《くもがく》れにし　夜半《よは》の月《つき》かな

（紫式部《むらさきしきぶ》・生没年不詳～1014頃）

ガールズトークはもう終わり
あの子はサッと帰っちゃやった
すぐに隠れる月みたい

紫式部は平安中期の物語作家・歌人です。
著作は『源氏物語』『紫式部日記』『紫式部集』など。
夫・藤原宣孝《ふじわらののぶたか》の死後、すぐに一条天皇の中宮《ちゅうぐう》である彰子《しょうし》（藤原道長《ふじわらのみちなが》の娘）に仕えました。

この57番の「月」と「めぐり」が縁語で、「月」をやっと会えた愛しい人に見立てています。ボクはずっと、紫式部が男性に贈った歌であると思っていました。

しかし、高校の古文のH先生の授業のときにはじめて、相手が幼馴染の女性であることを知ったのでした。

久しぶりに幼馴染の女の子に会うことが叶ったのだけど、彼女は用事があってさっさと帰っていっちゃったのよと詠《よ》んだ歌ですね。

この幼馴染とは、宮中でなにかと気苦労が絶えなかった彼女にとって、唯一気をつかわなくてもすむ人物であったと思われます。

あらゆる人の立場で詠める〝カメレオン歌人〟

紫式部は『源氏物語』において帝《みかど》、后《きさき》、女房《にょうぼう》、貴族の男たち、僧侶、尼《あま》など400人以上の登場人物の歌を詠《よ》んでいます。

他者に憑依《ひょうい》して歌を詠《よ》むことができる、いわゆるカメレオン歌人だと思います。

昔から代詠《だいえい》・代作といって当事者の代わりに他者が歌を詠《よ》んでやることはよくあったそうですが、紫式部はさぞ依頼が多かったことだろうと推測しています。

しかしながら人目につくことを極度に避ける、ちょっとコミュ障な傾向のある彼女にとって、代詠《だいえい》はあまりやりたくなかったことではないでしょうか。

どうやら、公の場で歌を詠《よ》む時に、「私の代わりに詠《よ》んでね」とほかの人に譲ることもあったみたいですから。

61番の伊勢大輔《いせのたいふ》の歌は、紫式部が大役を譲ったために生まれた名歌だと伝えられています。

〜〜でココで このあと〜〜♡
こ〜なって そしたらこっちが
クスクス…
ふ…ふふっ ひひっ♡
にゃ にゃ
びくっ
式部さぁん
ヒッ
紫式部《むらさきしきぶ》
またコレ お願い〜♡
アッ ハイッ
わたくしのは こちらの お返事を〜
今回でビシっと キメたいの! よろしくね
どさっ
あっ ハァ…
式部さんの文の 着弾率最強よォ
きゃっ
きゃっ
上達部の妾に なれたっていう アレ?
見倣い たいわあ
……

んあ〜〜〜っっ
もう代詠の依頼は受けたくない
でもめんどくて断れない!!
陽キャの婚活の手伝いなんてごめんだよ!!
わぁ
わぁ
もぐ
もぐ
アタシの本業はオリキャラのイチャラブ噺を生産することなんだヨォ!!
しゃーないじゃん
アナタが都一の恋物語の作者だからねえ
そりゃ依頼も殺到するわ
あ〜〜〜
ヤダ———!!!
でもその代詠のおかげで創作のネタは尽きないわけでしょ?
ドキ
こないだの新作って…あれ前にきいたやつだべ?
★紫式部先生の最新作
近日公開をお楽しみに!!

ちょっと散歩に出たけれど

70番

さびしさに　宿《やど》を立《た》ち出《い》でて　ながむれば
いづこも同《おな》じ　秋《あき》の夕暮《ゆうぐ》れ
（良暹法師《りょうぜんほうし》・生没年不詳）

さみしくてちょいと散歩に出てみても
どこも寂しい秋の夕暮れ

良暹法師《りょうぜんほうし》は平安中期の歌僧《かそう》です。

この人物についてはほとんどなにも伝わってはいませんが、天台宗《てんだいしゅう》系の寺で多くの修行僧と交わるのに嫌気がさし、大原（京都の左京区あたり）に隠遁《いんとん》したといわれています。

この70番はその頃の作であるようです。

秋の夕暮れの寂しさに耐えられず外に出てみたけど、やはり同じように寂しさを感じてしまう。

所詮《しょせん》、人間は人生の寂しさ・むなしさから逃れることはできないという、あきらめもしくは悟りの境地を感じる歌ですね。

以下にあげる三首も、秋の夕暮れをテーマとした超有名な歌です。

「三夕《さんせき》の歌」とよばれています。

「浦《うら》の苫屋《とまや》」とは海岸沿いのあばら屋、「鴫《しぎ》立つ沢《さわ》」は鴫《しぎ》という鳥のいる渓流《けいりゅう》、「槇《まき》立つ山」とはヒノキが並び立つ山沿いの土地のことです。

この三首はそれぞれ異なった場所でしみじみと秋の夕暮れの情趣《じょうしゅ》を感じているのですね。結句《けっく》はすべて「秋の夕暮れ」になっています。

見渡せば　花も紅葉も　なかりけり　浦《うら》の苫屋《とまや》の　秋の夕暮れ（藤原定家《ふじわらのていか》）

超訳 海辺には花も紅葉もな～んもない。ただぽつんとボロ小屋がある秋の夕暮れ

心なき　身にもあはれは　知られけり　鴫《しぎ》立つ沢の　秋の夕暮れ（西行《さいぎょう》）

超訳 こんなじじい坊主でもついついエモくなるものは鴫《しぎ》が飛び立つ秋の夕暮れ

寂しさは　その色としも　なかりけり　槇《まき》立つ山の　秋の夕暮れ（寂蓮《じゃくれん》）

超訳 寂しさってどんな色？　槇山《まきやま》の秋の夕暮れとおなじかもね知らんけど

そういえば、この三首をなかなか覚えてくれない男子生徒に関心をもたせようと、「この歌を覚えるとめっちゃ女子にモテるで～」と告げたことがありました。加えて「海デートには、『**見渡せば**』の歌、渓流《けいりゅう》なら『**心なき**』の歌、そして山デートなら『**寂しさは**』の歌、臨機応変に憂《うれ》いをこめた感じで女性にささやけば、男の魅力倍増～ってか」などとおどけてみせたのですが、生徒側からのリアクションはほぼ無し。ドン引きでしたね。

あはれがしみじみと身にしみる三つの歌ということで…。

桜だけがボクの友達

66番

もろともに　あはれと思《おも》へ　山桜《やまざくら》
花《はな》よりほかに　知《し》る人《ひと》もなし
（前大僧正行尊《さきのだいそうじょうぎょうそん》・1055〜1135）

ねえ、桜
ボッチの気持ちわかり合おう
オレたちふたり似た者同士

行尊《ぎょうそん》は平安中期から末期の歌僧《かそう》です。
10歳で父の源基平《みなもとのもとひら》を亡くしてから、12歳の若さで出家しました。
17歳で寺を出て18年間の山修行をしたといわれています。

66番はその体験がにじみ出た歌ですよね。

彼は、修験道の聖地とよばれる奈良の大峰山《おおみねさん》で修行をしたといわれています。最高峰は標高1915メートルの八経ヶ岳《はっきょうがたけ》、日本百名山にも選ばれた名山です。ボクが登った登山道は「行者環《ぎょうじゃがえり》ルート」という名称でよばれていました。ここは修行するのにふさわしい過酷な場所であったようですね。

うっそうとした森林の続くルートです。若き頃の行尊《ぎょうそん》はツラい修行の中、山桜を見つけ、孤独を慰めたのです。

そして「山桜よ、孤独なボクの友は君しかいないんだよ。君もボクのことを好ましく思ってほしい」と詠《よ》んでいるのです。

彼のお祈りの効用のすばらしさは当時知れ渡っていたようで、『紫式部日記』などにも詳しく記されています。

95番の慈円《じえん》と同じく、天台宗《てんだいしゅう》のトップである座主《ざす》に任ぜられ、僧侶の頂点である大僧正《だいそうじょう》にも上りつめた仏教界の超大物でもあります。

失って気づく大切なもの

68番

心《こころ》にも　あらでうき世《よ》に　ながらへば
恋《こひ》しかるべき　夜半《よは》の月《つき》かな

（三条院《さんじょういん》・976〜1017）

めったにないよな月の夜
ツラみな人生長ければ
きっとこの月思い出す

三条院は冷泉《れいぜい》天皇の第二皇子。
そして一条天皇の後に第67代の帝として即位しました。
当時は藤原道長《ふじわらのみちなが》全盛時代。

視力が弱まる眼病に悩まされ譲位《じょうい》すると、その後に帝位についたのは藤原道長《ふじわらのみちなが》の娘である彰子《しょうし》を母に持つ後一条天皇でした。

68番は薄れゆく眼前の様子に絶望しながら、何とか月の美しい様子を脳裏に焼き付けておこうとして詠《よ》んだ哀愁《あいしゅう》のただよう歌なのです。

目の病気が進行し徐々に視力を失っていったとされる三条院ですが、娘である一品宮《いっぽんのみや》に対して「おまえの美しい髪が見られないのがツラく残念なのだよ」などともらしています。

かくうつくしくおはする御ぐしを、え見ぬこそ心憂く口惜しけれ

（『大鏡』「六十七代三条院」）

68番を口ずさむと、一見当たり前に映る穏やかな日常というものは、失ってから気づく大切なものなのだなとつくづく感じます。

道長《みちなが》繁栄の裏には、こういった悲しい歌も残っているのですね。

海辺で寂しさを感じたとき

78番

淡路島《あわぢしま》 かよふ千鳥《ちどり》の 鳴《な》く声《こゑ》に
幾夜《いくよ》寝《ね》ざめぬ 須磨《すま》の関守《せきもり》

（源兼昌《みなもとのかねまさ》・生没年不詳）

さみしげな鳥の声で起こされたなんかエモい冬の朝

源兼昌《みなもとかねまさ》は平安後期の歌人です。
歌の世界では活躍しましたが、役職にはめぐまれませんでした。
78番にある「須磨《すま》」は当時、都にいづらくなった人が訪れる悲しい場所とされていました。

たとえばそこは在原　行平《ありわらのゆきひら》（16番）が謹慎《きんしん》させられた土地であり、『源氏物語』の光源氏が都にいられなくなり一時的に移り住んだ場所でもあります。

「淡路島《あわぢしま》」は須磨《すま》の真向かいにある島で、そこから須磨《すま》へと鳥たちが渡ってくるのです。

兼昌《かねまさ》は実際にその土地に左遷《させん》されたのではなく、こういった悲しい古《いにしえ》の人々の気持ちを想像してこの歌を詠《よ》んだとされています。

和歌は五七五七七というリズムを持つたった31文字の存在ですが、こういった古《いにしえ》の伝説を取り込むことによって無限のボリュームをもつことができるのです。

「千鳥」とは川や海の干潟でぴょこぴょこと歩みながら「ピュル、ピュル」と鳴く鳥です。失望したときに聞くと、たしかに切なさを感じる声かもしれません。

千鳥は旅鳥で生まれ故郷に帰っていけますが、都から追放された人は帰ることができません。そんなとき、千鳥の鳴き声を聞くと寂しさがつのり、いっそう寒さも身にしみてしまうのですね。

寂しさからは逃げられない

83番

世《よ》の中《なか》よ　道《みち》こそなけれ　思《おも》ひ入《い》る
山《やま》の奥《おく》にも　鹿《しか》ぞ鳴《な》くなる
（藤原俊成《ふじわらのとしなり》・1114〜1204）

人生ガチでツラすぎる鹿でさえもサゲな声⤵

藤原俊成《ふじわらのとしなり》は『百人一首』の撰定者・藤原定家《ふじわらのていか》（97番）の父です。当時の歌壇《かだん》の重鎮《じゅうちん》でした。

「幽玄体《ゆうげんたい》」という和歌の1つのスタイルを築いた人物でもあります。幽玄体《ゆうげんたい》とは

簡単にいうと、「なんか言葉にはできないけど、しみじみといいわあ～！」という感じでしょうか。現代でいう「エモい」に通じるものがあると感じます。

平安時代も末になると、権力争いを通じて貴族や武士が血で血を洗うような闘争を繰り返していました。俊成《としなり》はそんな世の中に嫌気がさしていたようです。

親しい関係にあった西行《さいぎょう》（86番）が出家したとき、彼にならって俊成《としなり》が出家に踏み切らなかったのは愛息の藤原定家《ふじわらのていか》のことを考えたためだと考えています。

83番は定家《ていか》にとって父・俊成《としなり》の愛をしみじみ感じる歌なのでしょう。

このツラい日々もいつか懐かしくなる

84番

ながらへば　またこのごろや　しのばれむ
憂《う》しと見《み》し世《よ》ぞ　今《いま》は恋《こひ》しき
（藤原清輔《ふじわらのきよすけ》・1104〜1177）

生きてりゃさー
しんどい今も
懐かしくなるんかねー？

しょぼん
（´・ω・`）

藤原清輔《ふじわらのきよすけ》は平安末期の歌人です。
藤原顕輔《ふじわらのあきすけ》（79番）の息子でもあります。
父の後を継いで歌壇《かだん》の名門六条藤家《ろくじょうとうけ》の三代目となりましたが、父と反《そ》りが合わず、敬遠《けいえん》されていました。

顕輔《あきすけ》が『詞花和歌集《しかわかしゅう》』を撰集《せんしゅう》したとき、息子・清輔《きよすけ》の歌は一首たりとも撰ばれませんでした。仲良くしてよ～。

その後、二条天皇に認められ、清輔《きよすけ》自身も歌を撰集《せんしゅう》することになったのですが、天皇が崩御《ほうぎょ》したため途中で話が消えてしまいました。

そんな不遇の人生を送った人物でもあります。

「今のツラさだって、いつかは懐かしくなるものだ」という心の奥にスッと入って寄り添ってくれるこの84番が推しだという人は多いですね。

官位にめぐまれない人を励ました歌とされていますが、ボクには清輔《きよすけ》が自身に詠《よ》んでいるように思われてならないのです。

生きるってどうしてこんなにツラいのか…。

ツラいのにどうして生き続けねばならないのか…。

そう思ったときに、そっと口ずさみたい歌ですね。清輔《きよすけ》がそっと耳元で「生きてさえいれば、何とかなるさ」って勇気づけてくれているように感じませんか？

失いたくない何気ない日常

93番

世《よ》の中《なか》は　常《つね》にもがもな　渚漕《なぎさこ》ぐ
あまの小舟《をぶね》の　綱手《つなで》かなしも
（源実朝《みなもとのさねとも》・1192～1219）

海で働く漁師たち
のどかやな～　平和やな～
こんな日がずっと続けばいいのにな～

源実朝《みなもとのさねとも》は鎌倉初期の政治家（鎌倉幕府第三代将軍）です。
実朝《さねとも》は武士の将軍でありながら、京の貴族文化に対する憧れが強い人でした。
父の頼朝《よりとも》も御家人に歌作をすすめ、鎌倉歌壇《かだん》が誕生したのです。

右大臣《うだいじん》となったその翌年、鶴岡八幡宮《つるがおかはちまんぐう》において暗殺されてしまいます。28歳の若さでありました。

慈円《じえん》（95番）が残した歴史書『愚管抄《ぐかんしょう》』に実朝《さねとも》暗殺の記録があります。二尺（約60センチメートル）も雪の積もる日で、実朝《さねとも》の首は雪の中から見つかったとされています。神奈川県秦野《はだの》市の山の中に首塚があります。悲惨ですね〜。

源氏の氏神として尊崇《そんすう》されたのが鶴岡八幡宮《つるがおかはちまんぐう》です。そこからすこし歩くと眼前に由比ガ浜《ゆいがはま》が姿をあらわします。近づくにつれてウインドサーフィンをする人の姿がちらほら見えてきます。93番はおそらく鎌倉の海岸で詠《よ》まれたものだと思われます。実朝《さねとも》の時代はここに漁師の小舟が行き来していたのでしょうね。「綱手《つなで》」とはその小舟を岸に引き寄せる綱のことです。

激動の渦中に生きた彼にとって、こんなに気ないほのぼのとした日常がどれほど愛しかったことか。

鎌倉将軍として民の幸せを祈ると同時に、自らの無事をも願っていたのでしょう。彼の悲惨な最期がこの93番に強烈なインパクトを与えているのです。

2世タレントの対決!?

60番

大江《おほえ》山《やま》　いくのの道《みち》の　遠《とほ》ければ
まだふみもみず　天《あま》の橋立《はしだて》

（小《こ》式部内侍《しきぶのないし》・生年不詳〜1025）

ママはママ　私は私　失礼ね

小《こ》式部内侍《しきぶのないし》は平安中期の女性歌人。56番の和泉《いずみ》式部《しきぶ》の娘です。母同様、多くの貴公子を魅了しました。この話には有名な逸話があります。

いわゆる2世タレントであった小《こ》式部《しきぶ》のことを世間では「母が代わりに歌を詠《よ》

んでいるんじゃないか」と疑っていたのです。

そんな時、宮中で歌合《うたあわせ》があり、小式部内侍《こしきぶのないし》が招待されることになりました。

母の和泉式部《いずみしきぶ》はその当時の夫に連れ添って任地である丹後国《たんごのくに》（現在の京都府の北部）に下っていました。

彼女のいる局《つぼね》の御簾《みす》の前で藤原定頼《ふじわらのさだより》という歌詠《うたよ》みが「ママから歌の手本は届いたかい？」などとからかって去ろうとするときに、御簾《みす》の中から定頼《さだより》の袖《そで》をおさえて60番を詠《よ》んだとされています。交差する袖《そで》の彩色が目に浮かぶような場面ですね。

60番はそんなからかいに対して、「母がいる丹後《たんご》は遠いので行ったこともないし手紙なんかもらってないわよ」というふうに詠《よ》んでいるのですね。

この定頼《さだより》という人物、じつは55番の藤原公任《ふじわらのきんとう》の子なのです。

するとこれは2世対決ということになりますね。注目の対決です。

結局、この歌が凄すぎて定頼《さだより》は返歌もできずこそこそ退散したということになっています。小式部内侍《こしきぶのないし》の圧勝ということで…。

ウチ
小式部内侍！
ママは
あのめ～っちゃ
有名な和泉式部《いずみしきぶ》！
都でママのこと
知らない人
いないっしょ？
小式部内侍《こしきぶのないし》
ママが有名過ぎるせいで
たまに宮中の歌合とかお呼ばれされちゃうけど
みんなもっとウチに注目するべき～
ウチだって しごでき だし～～っ
アレ～？ 小式部チャン 来てんのォ？
ママいないのに ひとりで ダイジョブそ～？
むっっ
こいついつも ウザがらみ してくるよな～～っ
定頼さま…
藤原定頼《ふじわらのさだより》

ヒッ
ぐいっ
つい～～
びくっ
つうかさ～
パパの公任さまがイケてるからってアナタがなんでイキってるワケ？
鬼ダサすぎ～っ
ふんっ
ほんとそれ
確かに
確かに
ポロ…
だっ
あっ泣いちゃった…
パパにいいつけてやるぅ～～!!
わぁん
人をディスっていいのはディスられる覚悟のある奴だけだ！

オレは国を守る決意をした

95番

おほけなく　うき世《よ》の民《たみ》に　おほふかな
わがたつ杣《そま》に　すみぞめの袖《そで》
（慈《じ》円《えん》・1155～1225）

理想主義だと言われても
苦しむ民を守りたい！
オレは本気で思ってる

慈円《じえん》は平安末期から鎌倉初期の歌僧《かそう》です。天台宗《てんだいしゅう》の総本山比叡山《ひえいざん》の座主《ざす》（ナンバーワン）で史書『愚管抄《ぐかんしょう》』も残しています。父は関白《かんぱく》・藤原忠通《ふじわらのただみち》（76番）です。

95番を理解するには「鎮護国家《ちんごこっか》」という思想を把握しないといけませんね。

これは、国家を守る手段として宗教をとらえるという考え方です。三句と結句《けっく》に見られる「袖おほふ」というのは「人を庇《かば》う」もしくは「人を守る」という意味で、「すみぞめの袖」とは僧衣をあらわす古語です。

慈円《じえん》は天台宗座主《てんだいしゅうざす》として活躍しながら、政治的には公家《くげ》と武士が協調する国家を目指していたといわれています。

平安末期になると比叡山《ひえいざん》は僧兵《そうへい》をもつようになり、仏教の教理は衰退します。院政《いんせい》を開き実権を握った白河院《しらかわいん》（在位1072~1086）でも「思い通りにならないもの」として「サイコロの目・賀茂川《かもがわ》の水・比叡山《ひえいざん》の僧兵《そうへい》」の3つをあげているくらいなのです。

慈円《じえん》は僧兵《そうへい》の争乱の最中、戦争や疫病《えきびょう》や災害に悩む民を仏教の教理で守ってやりたいとひたすら願っていたようです。

それが比叡山《ひえいざん》に入ったときからの本懐《ほんかい》なのだと詠《よ》んでいるのですね。気魄《きはく》のこもる、凛《りん》として力強い歌です。

人に好かれたり、嫌われたり大変だ

99番

人《ひと》もをし　人《ひと》もうらめし　あぢきなく
世《よ》を思《おも》ふゆゑに　物思《ものおも》ふ身《み》は
（後鳥羽院《ごとばいん》・1180～1239）

結局この世はつまんねぇ
けど、その原因オレのせいじゃね？
なんて感じてる

後鳥羽院《ごとばいん》は鎌倉前期の第82代天皇です。譲位《じょうい》後に上皇《じょうこう》として院政《いんせい》を執り行いました。承久《じょうきゅう》の乱《らん》（1221）で倒幕を画策しましたが、敗れて隠岐《おき》に流され、18年間その地で過ごし帰京できないまま亡くなっています。

息子の土御門院《つちみかどいん》は土佐《とさ》へ、順徳院《じゅんとくいん》（100番）は佐渡《さど》へと流されています。

後鳥羽院《ごとばいん》は、非常に優れた歌人でもありました。藤原定家《ふじわらのていか》を師とし『新古今和歌集《しんこきんわかしゅう》』を勅撰《ちょくせん》し、配流《はいる》の後も歌作を続けていたそうです。ただしその後、意見の相違のために定家《ていか》との関係は悪化し、交流は断絶してしまいました。

99番は後鳥羽院《ごとばいん》が33歳のときの御作《ぎょさく》です。

当時は鎌倉幕府の権威が増し、徐々に院政が思い通りにならなくなっていました。自らの手で国政を執り行いたいと思っていた院の憤《いきどお》りが感じられる歌ですね。

愛しく思ったり、うらめしくなったり、この世を苦々しく思うのは絶えずもの思いをする自分のせいだなんて詠《よ》んでいるのです。

後鳥羽院の本音を垣間見ることのできる作品でもあります。

定家《ていか》は院を愛おしく思う気持ちをもちながらも、鎌倉幕府との関係を考えて隠し通していたといわれています。

99番は定家《ていか》にとって心に刺さる歌だったのですね。

あの時代が思い出されてならない

あの時のバブリーな空気はないけどさ かつての時代忘れてないよ

100番

ももしきや　古《ふる》き軒端《のきば》の　しのぶにも
なほあまりある　昔《むかし》なりけり
（順徳院《じゅんとくいん》・1197〜1242）

順徳院《じゅんとくいん》は第84代の天皇。父である後鳥羽院《ごとばいん》（99番）の強い要請により即位しました。異母兄の土御門院《つちみかどいん》とは対照的に後鳥羽院《ごとばいん》以上に激しい気性であったと伝えられています。

承久の乱《じょうきゅうのらん》（1221）で鎌倉幕府に敗れた後、新潟県の離島である佐渡《さど》に渡り21年間、都に帰れないまま亡くなりました。

絶望のあまり断食し、46歳で崩御《ほうぎょ》したといわれています。

100番は承久の乱《じょうきゅうのらん》の5年ほど前、鎌倉幕府との関係が悪化していたときに詠《よ》まれた歌です。

「昔」とは天皇親政の理想的な時代とされた醍醐《だいご》・村上天皇の頃、もしくは天智《てんじ》天皇（1番）、持統《じとう》天皇（2番）の時代を指すと考えてください。

「百敷《ももしき》」とは京都の内裏《だいり》、「しのぶ（草）」は荒廃《こうはい》した場所に生える植物です。

「天皇の権威もすべて過去のもの、今はしのぶ草が生えるくらいに荒廃《こうはい》してしまった。こうなってはひたすら昔のことを偲《しの》ぶばかり…」なんて詠《よ》んでいるのですね。この歌は『百人一首』の最後の歌ですが、口ずさむとこれまでの九九首の歌がエンドロールのように流れていくような気持ちになります。

定家《ていか》はこの歌を『百人一首』の最後に置くことによって順徳院《じゅんとくいん》を追悼《ついとう》しようとしたと考えられています。

あの頃とはすっかり変わってしまったけど
もう流れていない滝だけど
かつての評判は
今も変わらず流れてる

55番

滝《たき》の音《おと》は　絶《た》えて久《ひさ》しく　なりぬれど
名《な》こそ流《なが》れて　なほ聞《き》こえけれ
（藤原公任《ふじわらのきんとう》・966〜1041）

藤原公任《ふじわらのきんとう》は平安中期の人物です。
当時の歌壇《かだん》のリーダー的存在であり、詩・歌・管弦すべてに秀《ひい》でていました。
和歌の優劣を競う際のご意見番として登場したり、歌会の場ですばらしい歌を詠《よ》み、人々を感心させたりしたという話が多いですね。

藤原道長《ふじわらのみちなが》が川で船遊びをしたときのお話。

その折、漢詩が得意なチーム、管弦が得意なチーム、和歌が得意なチームの3つに分かれて船に乗ることになったのですが、すべてに抜群の才能をもつ公任《きんとう》をどの船に乗せてよいかがわからない。

考えあぐねた末、道長《みちなが》は側近にこう尋ねたと伝えられています。

「**かの大納言《だいなごん》、いづれの舟にか乗らるべき**」

絶対権力者である道長《みちなが》公が「公任大納言《きんとうだいなごん》はどちらの船にお乗りになるのがよいか」などと配慮したようなのです。

そして公任《きんとう》は和歌の船に乗り、素晴《すば》らしい歌を残したのです。

その後、「漢詩の船を選んだらもっと喝采《かっさい》をあびただろうに」と残念がったということです。

以降、漢詩・管弦・和歌の3つの才能に秀《ひい》でた人として「三船《さんせん》の才《さい》」とうたわれるようになったと伝えられています。

滝に人の生き方を学ぶ歌？

55番は長保元年《ちようほう》（999）に藤原道長《ふじわらのみちなが》が公任《きんとう》たちと大覚寺《だいかくじ》に紅葉狩りに詣《もう》でたときに詠《よ》まれたものとされています。

「滝」とは京都市右京区嵯峨《さが》の大覚寺《だいかくじ》にあったとされる滝です。現在、和歌の中の言葉「名こそ」にちなんで「名古曽《なこそ》の滝」とよばれています。

この滝は名所の1つとして知れわたっていたようですが、公任《きんとう》の時代には水が枯れ、音もしなくなっていました。そんな滝を見て「滝は流れず音もしないけれど、今でもその名声は響きわたっている」と詠《よ》んでいるわけです。

この55番は、「滝でさえ名を残すのだから、人は必ず死後にその名を残さねばならない」などという教訓的な意味合いが加えられた時期もあったそうです。

しかしボクとしては、生前残した業績は死後も決して消えることはないという、才人・公任《きんとう》の自負を感じさせる歌だととらえています。

ほら、船からいい景色が見えるよ

76番

わたの原　漕《こ》ぎ出《い》でて見れば　ひさかたの
雲居《くもゐ》にまがふ　沖《おき》つ白波《しらなみ》
（藤原忠通《ふじわらのただみち》・1097〜1164）

船から見える白い雲！　白い波！
白って200色あんねん

はるか向こうの水平線に添うように漂《ただよ》う白波を、空の雲と見まがうばかりと詠《よ》んだこの歌は、まるで絵画を見るような感じですね。

白い雲と白い波、いろいろな白色が混ざり合って美しい景色を作っています。

詠《よ》み手の藤原忠通《ふじわらのただみち》は平安末期の歌人です。

関白《かんぱく》であった藤原忠実《ふじわらただざね》の長男で、源　俊頼《みなもとのとしより》（74番）や藤原基俊《ふじわらのもととし》（75番）らに師事し、多くの歌人たちを支援しました。

父から一族の長と関白《かんぱく》の座を引き継ぎ、政権を握った人物でもあります。

76番は崇徳院《すとくいん》（77番）が主催した宮中の歌合《うたあわせ》で詠《よ》まれました。

その当時、藤原俊成《ふじわらのとしなり》（83番）・藤原定家《ふじわらのていか》（97番）なども臨席《りんせき》しており、このおおらかで雄大な「万葉調」の歌を絶賛したと伝えられています。その頃はこんなふうに歌人や貴族たちが和気あいあいと歌合《うたあわせ》を楽しんでいたのです。

しかしこの後、崇徳院《すとくいん》と忠通《ただみち》とは保元《ほうげん》の乱《らん》（1156）で対立してしまいます。結果は、後白河《ごしらかわ》天皇についた忠通《ただみち》らが勝利し、崇徳院《すとくいん》は讃岐《さぬき》（香川県）に流され、帰京を望みながらも叶わず失意のまま亡くなってしまいます。

その後の激動の時代を考えると、嵐の前の海のつかの間の静けさを感じさせる歌なのです。

5章

季節を味わうチルい和歌

キミに教えたい四季の歌26首

ちる【チル】

くつろぐ。まったりと過ごす。

咲き誇る桜を見て

61番

いにしへの　奈良《なら》の都《みやこ》の　八重桜《やへざくら》
今日《けふ》九重《ここのへ》に　にほひぬるかな

（伊勢《いせの》大輔《たいふ》・生没年不詳）

その昔奈良で咲いてた八重桜
今日は京の都で花ざかり！

伊勢大輔《いせのたいふ》は平安中期の歌人。藤原道長《ふじわらのみちなが》の娘である彰子《しょうし》に仕えた人物で、紫式部の後輩に当たります。祖父は大中臣能宣《おおなかとみのよしのぶ》（49番）、父は伊勢《いせ》神宮《じんぐう》の祭主をつとめた大中臣輔親《おおなかとみのすけちか》。

お爺さんもお父さんも名高い歌人でもありました。

61番は京の都の藤原氏へと、奈良の八重桜が献上されたときの歌です。それを藤原氏にお渡しする役目を任されたのは紫式部でしたが、彼女は「いつまでも私のような古い人間がでしゃばっているのは」と言って後輩の伊勢大輔《いせのたいふ》に大役を譲ったのでした。奥ゆかしい紫式部のやりそうなことですよね。

そしてこの名歌が誕生したのでした。

3箇所に使用された「の」のリズム、「いにしへ（古）」と「けふ（今日）」、「八重桜」の「八」と「九重」の「九」の対比構造も完璧ですね。

とてもメロディアスな歌だと思います。

3番の「あしびきの」の歌とどっこいじゃないですか。

奈良で咲いていた八重桜は今でも宮中で咲き誇っているという藤原氏の繁栄をメロディアスに詠《よ》んだこの歌は人々の喝采《かっさい》をあび、主人の彰子《しょうし》から返歌をさずかりました。61番を口ずさむと、今日《こんにち》の人々の脳裏に古《いにしえ》の八重桜の照り輝く様があざやかに浮かび上がるのです。

寒い中、君へのプレゼントを探す

君のためなら雪の寒さも感じない とれたて若菜プレゼント！

15番

君《きみ》がため　春《はる》の野《の》に出《い》でて　若菜《わかな》つむ
わが衣手《ころもで》に　雪《ゆき》は降《ふ》りつつ
（光孝天皇《こうこうてんのう》・830〜887）

詠《よ》み手の光孝《こうこう》天皇は平安前期の第58代天皇。
非常に優しい性格の帝《みかど》であったという伝承が残っています。
その例に、給仕《きゅうじ》を務める者の失敗をかばってやったという逸話が残っています。

この歌の「君」はいったい誰を指すのでしょうか。即位を後押しした藤原基経《ふじわらのもとつね》だとか、当時帝《みかど》が愛した女性であったとかいわれています。若菜とは春の七草のことで、これを摘んで食すと無病息災の効果があるとされました。

この歌がもともと載っていた『古今和歌集《こきんわかしゅう》』の説明に、光孝《こうこう》天皇が皇太子の頃に「人」に若菜をプレゼントしようとして詠《よ》んだときの歌と記されています。

この「人」が誰なのか。気になりますよね〜。『百人一首』の中では「春」の歌とされているので、あまりロマンチックな展開を想像してはいけないように思われますが、「君」を愛する女性と考え、「雪が降っていても愛する人のためなら寒さも厭《いと》わないよ」と帝《みかど》本人が若菜を摘んでいる様子をイメージしてみてはいかがでしょうか。

七草は下女《げじょ》に摘ませることが多かったようですが、これは自身が摘んでいる様子を想像したほうがよいですね。天智《てんじ》天皇自身が詠《よ》んだとされる1番の歌とすこし似ています。『百人一首』の中でも人気の一首で、大切な人のことを思ってそっとつぶやく人が多い歌なのです。

なんかイマイチ盛れないの

9番

花《はな》の色《いろ》は　うつりにけりな　いたづらに
わが身世《みよ》にふる　ながめせし間《ま》に
（小野小町《おののこまち》・生没年不詳）

桜の花も色あせちゃった
今日はメイクも盛れないし
いつかこの世も終わるのよ

小野小町は実に不思議な人物です。
平安前期の女性歌人で六歌仙《ろっかせん》（『古今和歌集《こきんわかしゅう》』の序文に出てくる代表的な6人の歌人）であるということ以外は霧《きり》の中に包まれ、確証がもてません。

ただとても美人だったといわれています。たとえば「三十六歌仙絵巻」には36人の優れた和歌の詠《よ》み人の姿が描かれていますが、小野小町は後ろ姿です。顔が見えないのですね。絵にもかけない美しさということでしょうか。

この和歌の「花の色」が自らの美貌《びぼう》をあらわしているという極端な解釈により、世界三大美人の一人に加えられるにいたったのでしょう。

しかし僕は、この歌は春の終わりと自らの衰え、そしていつかは朽《く》ちていく世の無常も表現されていると思います。古文では、草葉の色があせるという表現は愛情の衰えや無常を嘆《なげ》くことのたとえとして使用されることがあるからです。

ちょっとホラーな「小町髑髏《どくろ》伝説」

ここで小野小町にまつわるちょっぴり怖い話をひとつ。数ある小町の説話の中でもとくに印象深い「小町髑髏《どくろ》伝説」というものです。

かつてはモテまくった小町も、最後は草原で死んで誰にも相手にされなくなり、その髑髏《どくろ》からススキが生え、哀《あわ》れに思った在原業平《ありわらのなりひら》が抜いてやるというお話。

これは「九相図《くそうず》」の影響を受けていると考えられています。「九相図《くそうず》」とは野に放置された死体が朽《く》ちていく様を九段階に分けて描いた仏教絵画です。

【一相】美しい女↓【二相】病気になる↓【三相】死んで全身が変色、腹が蛙《かえる》のように膨《ふく》れる↓【四相】各部が腐る↓【五相】腐蝕《ふしょく》が進む↓【六相】内臓が飛び出す↓【七相】骨が浮き出る↓【八相】野良犬・鳥などの餌食《えじき》になる↓【九相】骨だけになった髑髏《どくろ》の目からススキが生える

小学校の夏休み、九相図を指し示しながら因果《いんが》を語る菩提寺《ぼだいじ》のお坊さんのキモい説法が苦手で苦手で…。恐怖で顔を強張《こわば》らせながら聞いたものです。

なんともおぞましいものですね。当時恐怖で顔がこわばりました。杭《くい》が手に刺さっているキリスト像しかり、どうもボクはグロには弱いのです。なにはともあれ、この伝説は「あの人は美しいね」と言われた人がのぼせているとこんな無残な末期をたどるのだという、仏教にありがちな因果応報譚のひとつです。男性にちやほやされるのは若い頃だけ。調子に乗っているとこんな酷《ひど》い目を見ることになるから、浮かれていてはいけないという戒《いまし》めなのでしょうね。

〝恋する乙女〟こそ小町の本当の姿？

男性の気持ちを弄《もてあそ》ぶような説話が残る小野小町ですが、乙女な部分があらわれている歌が『古今和歌集《こきんわかしゅう》』にあります。

こんなふうに美人に言われたらどんな人だってメロメロですよね。

おもひつつ　寝ればや人の　見えつらむ　夢と知りせば　覚めざらましを

超訳　ねえ聞いて好きピが夢に出てきたの！　夢ならそのまま寝ていたかったのに

古代では、好きな人のことを思って寝るとその人が夢に現れてくれるというふうに思われていました。

小野小町とはこの歌のようないじらしく可憐《かれん》な女性であったのではないでしょうか。因果とか嫉妬《しっと》とか、本当に勘弁してほしいですね。

イケてる美魔女と言えば～
ハート泥棒♡ア・ナ・タの小野小町ちゃん只今参上よ～ん♡
小野小町《おののこまち》
つうても～最近メイクのノリ悪すぎなんだが～もお歳とりたくなァい～
完全無欠の魔性の女は卒業して～イケババ枠狙ってみるべき～？
お子前は米ヌカでパック～♡
ナチュラルメイク★★★
シルバーヘアー★★★
美の秘訣とは日々ポジティブでいること

あ～ん
屍っちゃったら
美もなにも
ないわ～ん
つま～ないマい～～
ちーーん
あら？
イケメ～ン
哀れな…
あら あら
あら♡
いやん
業平くんたら～
優しイ～♡
憑いちゃうぞ♡
ビクッ
ぞぞっ

もしかして、オレ老けたかな

96番

花《はな》さそふ　嵐《あらし》の庭《には》の　雪《ゆき》ならで
ふりゆくものは　わが身《み》なりけり
（藤原公経《ふじわらのきんつね》・1171〜1244）

嵐吹き　花がどんどん散っちゃった
私も老けて死んでいくのか…

藤原公経《ふじわらのきんつね》は平安末期から鎌倉初期の歌人です。
承久の乱《じょうきゅうのらん》（1221）において後鳥羽院《ごとばいん》が鎌倉幕府の討滅《とうめつ》を計って破れ、公家《くげ》勢力が衰退し、武家の勢力が強化されました。

そのとき、公経《きんつね》は鎌倉幕府に協力し、功労者となりました。

承久《じょうきゅう》の乱《らん》後、幕府の後押しを受けて大いに権勢を振るうことになった人物です。公経《きんつね》が京都北山に西園寺《さいおんじ》を建立したことから西園寺《さいおんじ》公経《きんつね》とも、太政大臣《だいじょうだいじん》に就任したあと出家したので入道前太政大臣《にゅうどうさきのだいじょうだいじん》ともよばれています。

96番は公経《きんつね》が60歳を過ぎたときに詠《よ》んだ歌。

詞書《ことばがき》に**「落花をよみ侍りける」**とあることから、庭にはらはらと雪が舞うように散る桜を見て詠《よ》んだみたいですね。

満開の桜は全盛、落花は人の老いや死を連想させるものなのです。

年老いた公経《きんつね》には、目の前をはらはらと舞う桜から自身の老いを連想してしまったようですね。桜が舞い散る中にポツンと1人寂しくたたずむ老人の姿が目に浮かぶような歌です。

「ふり」に雪が「降り」と、年をとるの意の「古《ふ》り」が掛けられています。

強大な権力を握った人にも必ず老いと死はやってくるもの。

年齢を重ねるにつれて、花見に対する思いが変わってくるのですね。

夏が来たわ！

2番

春過《はるす》ぎて　夏来《なつき》にけらし　白妙《しろたへ》の
衣《ころも》ほすてふ　天《あま》の香具山《かぐやま》
（持統天皇《じとうてんのう》・645～702）

春にGood bye!　夏coming☆
そう告げるのは山に干された白い服

「ねえ、夏が来たわよ！」

そんなふうに夏の訪れを喜んでいる、とてもすがすがしい一首です。

詠《よ》み手の持統《じとう》天皇は天智《てんじ》天皇（1番）の娘。つまり女性の天皇でした。

女帝・持統《じとう》天皇が遷都《せんと》した藤原京（現在の奈良県橿原市《かしはら》）は大和三山（天の香《あまのか》具山《ぐやま》・耳成山《みみなしやま》・畝傍山《うねびやま》）に囲まれた都でした。天の香具山《あまのかぐやま》は夏になると白い着物（衣《ころも》）を干す習慣があったみたいですね。新年の行事を無事に終え、夏を迎えることができた女帝の安堵《あんど》感がにじみでています。

「白妙《しろたへ》の衣《ころも》」とはなにかの神事《しんじ》に使用された衣《ころも》だろうといわれています。神の住む山といわれた香具山《かぐやま》に衣《ころも》を干すことも皇室の年中行事の1つだったようですよ。爽やかな新緑《しんりょく》に白い衣《ころも》、コントラストあざやかな夏を感じる名句だと思います。

「てふ」は「チョウ」と読んでくださいね。

立夏《りっか》とは夏の始まりをあらわす言葉ですが、旧暦では4月（卯月《うづき》）・5月（皐月《さつき》）・6月（水無月《みなづき》）の3か月間を夏期としていましたから、夏の初めとは旧暦4月の初めを指しています。2番はその時期に詠《よ》まれた歌だったと考えることができます。新暦だと5月5日頃、そうです、鯉《こい》のぼりの時期に当たるわけです。

そういえば、鯉《こい》のぼりも自分に関わる人の無病息災を祈念する風習。持統《じとう》天皇も同じような気持ちでこの歌を詠《えい》じたのかも、などと思っています。

ホトトギスの声がする

81番

ほととぎす　鳴《な》きつる方《かた》を　ながむれば
ただ有明《ありあけ》の　月《つき》ぞ残《のこ》れる
（藤原実定《ふじわらのさねさだ》・1139〜1191）

嘘ではないよ
ほんとにいたんだ
ホトトギス

藤原実定《ふじわらのさねさだ》は平安末期の歌人です。左大臣《さだいじん》にまで上りつめたので後徳大寺左大臣《ごとくだいじのさだいじん》と呼ばれました。詩・歌・管弦などに優れた趣味人でもあったようです。

俊成《としなり》（83番）、俊恵《しゅんえ》（85番）、西行《さいぎょう》（86番）なども深い交流がありました。

詞書《ことばがき》に「**暁聞郭公**（あかつきにほととぎすをきく）」とありますので、夜明け前の頃、ホトトギスの声を聞いたときの心情を詠《よ》んだ歌ということになります。

古文における初夏のホトトギスの声は、春先のウグイスの声とならんでとてもすばらしいものとされています。「ホトトギスの初音《はつね》」といえば、徹夜してでも聞きたくなるほどのめったに聞くことのできない美しい声だとされていたのです。

「有明の月」とは夜が明けてからも残る月、夜明け前に女の家から帰る男がホトトギスの声を聞く、「あっ」と振り向けば、そこには夜明けを告げる月がこちらを冷ややかに見下ろしているというのが81番ですね。

ボク自身は、ホトトギスの声を好きな女性と一緒に聞きたかったなぁという男の気持ちが表現されている歌だと思っております。

まぁ、恋ではなく夏の歌ですから、解釈はこのくらいにしておきます。

ボクも登山中にホトトギスの声を聞いたことがあります。そのときは81番を思い出しながら「誰かさんと聞きたかったなぁ」なんて思ったものです…。（▽ε＾）

短い夏の夜、月があわてて帰った

36番

夏《なつ》の夜《よ》は　まだ宵《よひ》ながら　明《あ》けぬるを
雲《くも》のいづこに　月《つき》やどるらむ

（清原深養父《きよはらのふかやぶ》・生没年不詳）

夏の夜ってすぐ明ける
月もいそいで帰ろうと
どこかの雲にかくれんぼ

清原深養父《きよはらのふかやぶ》は醍醐《だいご》天皇のときに活躍した10世紀前半の歌人です。清少納言の曾祖父《そうそふ》に当たる人物です。生涯官職にはめぐまれませんでしたが勅《ちょく》撰集《せんしゅう》の常連で、優れた歌人として名を後世に残しています。

清少納言は、曾祖父《そうそふ》の深養父《ふかやぶ》や父の元輔《もとすけ》（42番）を尊敬するあまり、人前で歌を詠《よ》まなかったと『枕草子』に書いています。

36番はとてもユニークな歌です。

たしかに夏は短夜《みじかよ》ですぐに明けてしまうものですが、夜になってすぐの「宵《よい》」のうちに夜が明けるというのはありえないですよね。

短夜《みじかよ》を誇張した表現として新鮮です。

他に類を見ない感じで実にユーモラス！

いかにも奇抜な歌を好む定家《ていか》が撰びそうな歌だと思います。

宵《よい》の月が、「え、もう夜明け!?」とあわてて雲の後ろにかくれている様子をイメージしてしまう一種の擬人法（見立て）を用いた歌でもあります。

また個人の解釈ですが、夜が明けたら帰らなければならない男が、帰り際に女性に詠《よ》んだとも想像してしまいます。

「帰りたくないよ～」と彼女の家の玄関で駄々をこねているような…。

夏の名残を感じる

98番

風《かぜ》そよぐ　ならの小川《をがは》の　夕暮《ゆふぐれ》は
みそぎぞ夏《なつ》の　しるしなりける

（藤原家隆《ふじわらのいえたか》・1158～1237）

そろぼち秋な感じがするけれど川のほうではギリ夏の行事が進行中

藤原家隆《ふじわらのいえたか》は平安末期～鎌倉初期の歌人です。生涯六万首の歌を詠《よ》んだといわれています。すごい数ですね。藤原俊成《ふじわらのとしなり》（83番）を師とし、その息子である定家《ていか》（97番）とともに『新古今和《しんこきんわ》歌集《かしゅう》』の撰者《せんじゃ》となりました。

定家《ていか》とはライバルでもあり友人でもありました。

定家《ていか》が後鳥羽院《ごとばいん》と対立したのに対し、家隆《いえたか》は後鳥羽院《ごとばいん》が隠岐《おき》に流されても手紙を通じて交流を深めていたということです。

持統《じとう》天皇（2番）の歌が夏の到来を告げる歌ならば、この98番は夏の名残をしみじみと感じる歌です。「ならの小川《をがわ》」とは上賀茂神社《かみがもじんじゃ》の境内《けいだい》の奥に流れる川のことです。旧暦6月には「水無月祓《みなづきばらえ》」という、夏の終わりに人々の罪穢《つみけが》れを祓《はら》う神事が催《もよお》されたようです。

「そろそろぼちぼち秋になった気がするけど、まだこの催《もよお》しこそ夏の証《あか》しだよね」と詠《よ》んでいるのです。

旧暦の6月の終わりは新暦でいうと8月10日前後。最近は暑くてそうは感じないかもしれませんが、当時は風が涼しくなってきて「ああ、夏が終わるのか」とふと寂しくなったのでしょう。そんなとき、「上賀茂《かみがも》では夏の催《もよお》しがある。まだギリ夏なんだな」って家隆《いえたか》は感じたのでしょうね。

秋ってちょっと切ないよね

5番

奥山《おくやま》に　紅葉《もみぢ》踏《ふ》みわけ　鳴《な》く鹿《しか》の
声《こゑ》聞《き》く時ぞ　秋《あき》は悲《かな》しき

（猿丸大夫《さるまるだゆう》・生没年不詳）

秋ってなんかさみしくね？
鹿の声とか聞いちゃうと
さらに切なさ爆上がり

これはもともと詠《よ》み人知らずの歌。けれども時が経つにつれて猿丸大夫《さるまるだゆう》の歌と考えられるようになったようです。

猿丸大夫《さるまるだゆう》は不思議な人物。伝説ばかりが先行して、詠《よ》んだ歌は伝わっていません。伝説上の人物が実在の人物として扱われるようになったみたいです。

伝説では、山の中に籠《こ》もって仙人のような暮らしをしている世捨て人というイメージです。

この歌を詠《よ》むのにふさわしい人物だと思いませんか。

蟬《せみ》の鳴き声などでにぎやかな夏の山とは異なり、秋になると山は静寂《せいじゃく》に包まれていきます。

そんなとき、鹿の鳴き声が遠くから響いてきたとしたら…。

鹿の声は「きゃあああん」と山に悲しく響きわたります。

これはオス鹿がメス鹿を求める声だとか。

そういえば『大和《やまと》物語《ものがたり》』の第一五八段に、女が男に「オス鹿がメス鹿を求めるように、私もあなたに求められたいのよ」と歌で告げる話がありました。

他の『百人一首』の秋の歌をみてもわかるように、秋と言えば切ない気持ちになってしまうのがあるあるだったようです。

83番の歌にも鹿は登場します。ぜひあわせて味わってみてください。

風の音に秋を感じる

ザワザワと秋風の吹く夕暮れは稲葉《いなば》も、小屋も、心もゆれる

71番

夕《ゆふ》されば　門田《かどた》の稲葉《いなば》　おとづれて
葦《あし》のまろやに　秋風《あきかぜ》ぞ吹《ふ》く
（源《みなもとのつねのぶ》　経信・1016～1097）

源《みなもとのつねのぶ》　経信は平安中期から後期の歌人です。詩歌管弦《しいかかんげん》すべてに秀《ひい》でた教養人。79歳で大宰権　帥《だざいのごんのそち》に任ぜられ現地で亡くなったそうです。これが左遷《させん》かどうかははっきりしません。

71番の歌を口ずさむと、つくづく現在との差異《さい》を感じてしまいます。

現代は、インターネットやテレビで天気予報をチェックしてから外出しますが、古代ではそういうわけにはいきません。

肌で外気を感じ、風の音に耳をすますわけです。ざわざわと風が稲葉《いなば》をゆらす音を聞き、しみじみと秋の到来《とうらい》を感じたり、ときには自らの人生の終焉《しゅうえん》が近づいていることにも気づかされたりもするわけです。

「葦《あし》のまろや」というのは経信《つねのぶ》の親族が所有する山荘のことで、その山荘の門前には稲葉《いなば》が広がっていました。この稲葉《いなば》が揺れてさわさわと音を立てると、ほどなく山荘に秋風が舞い込んでくると詠《よ》んでいるのです。秋の風景描写のみにとどまらず、しみじみとした寂しさを感じさせる歌です。

69ページにあげた藤原敏行《ふじわらのとしゆき》の「秋来ぬと」の歌とともにもう一度味わってみてください。秋の情趣《じょうしゅ》が深く心に染み入る二首ですよ。

誰も来ない、ボクの家

47番

八重葎《やへむぐら》　しげれる宿《やど》の　さびしきに
人《ひと》こそ見《み》えね　秋《あき》は来《き》にけり

（恵慶法師《えぎょうほうし》・生没年不詳）

草ボーボーの、この屋敷
誰も来ないが秋が来たｗｗｗ
あ。また草生えた

恵慶法師《えぎょうほうし》は中古三十六歌仙にも選ばれた平安中期の歌僧《かそう》です。
播磨国《はりまのくに》（現在の兵庫県南西部）で仏典《ぶってん》の説法《せっぽう》をしていた講師らしいのですが、詳しいことは伝わってはいません。清少納言の父の清原元輔《きよはらのもとすけ》（42番）など、一流の歌人との親交があり、優れた歌を残しました。

この歌の出典である『拾遺和歌集《しゅういわかしゅう》』の詞書《ことばがき》に「河原院《かわらいん》にて、荒れたる宿に秋来るといふ心を人びとよみ侍《はべ》りけるに」とありますから、荒廃した住居でそこに居合わせた人々を前に恵慶《えぎょう》が詠《よ》んだ歌ということになりましょう。「河原院《かわらいん》」は14番の源融《みなもとのとおる》の豪邸のことです。しかし家主がいなくなって、100年ほど経つと住む人もいなく、すっかり荒れ果ててしまいました。

立派なお屋敷なのに、草ボーボー。

そこに歌人たちが集まって、プライベートな歌会を催《もよお》していたようです。現代なら心霊スポット探検隊というところでしょうか。恵慶《えぎょう》らは肝試しをするのでもなく探検をするのでもなく、廃墟《はいきょ》でせっせと歌を詠《よ》んでいたのです(。-。;)

「河原院」は鬼が住む心霊スポットに

「葎《むぐら》」は雑草のことであり「葎《むぐら》が宿《やど》」という言いまわしだと、男が通わなくなった女の家のたとえで使用されます。

現代でも恋人と別れると、部屋が散らかってしまう人っていますよね。

しかし47番は部立《ぶだて》（『百人一首』におけるグループ分け）が秋になっていますので、通ってこない男を恨めしく思って女が詠《よ》んだ歌というわけではありません。

『源氏物語』第四帖「夕顔」に、光源氏が夕顔を廃院《はいいん》にいざなう場面があります。河原院《かわらいん》はこの廃院《はいいん》のモデルとなったといわれています。

夕顔は廃院《はいいん》でもののけに襲われ、命を落としてしまいます。『源氏物語』の作者・紫式部は当時の人々が河原院《かわらいん》に抱く不気味なイメージを『源氏物語』に生かそうとしたのですね。

時は過ぎ平安末期になると、河原院《かわらいん》は説話集《せつわしゅう》に鬼の住む場所として、ときおり登場します。この屋敷は、約300年にわたって様々な作品に登場する心霊スポットです。

さてそんな河原院《かわらいん》、今も遊びに行けるのでしょうか。

残念ながら火災で焼失《しょうしつ》し、跡形もなくなってしまいました。現在は「**源融《みなもとのとおるの》河原院址《かわらいんあと》**」という石碑を京都市下京区に残すのみ…。

秋の日のしゃれたプレゼント

24番

このたびは　幣《ぬさ》もとりあへず　手向山《たむけやま》
紅葉《もみぢ》の錦《にしき》　神《かみ》のまにまに

（菅原道真《すがわらのみちざね》・845〜903）

神様へ　手ぶらで来ちゃってすみません
かわりといっちゃやなんですが
紅葉の錦《にしき》をプレゼント

大宰府天満宮《だざいふてんまんぐう》の祭神、学問の神様といえば、ピンポーン、もちろん菅原道真《すがわらのみちざね》ですね。

道真《みちざね》の家の菅原《すがわら》家は、代々、学問の家で、幼少の頃から徹底的に学問をしこまれたようです。

その甲斐《かい》あってか、何と11歳にしてもう漢詩をすらすらと書く事ができたようです。

当時の学問と言えば漢文ですが、国家公務員になると提出する公式文書はすべて漢文であるため、その才能が直接昇進に影響していたわけです。

宇多《うだ》天皇にも評価され、そして中流階級出身者としては異例の右大臣《うだいじん》にまで上りつめることになるのです。

24番は宇多院《うだいん》のお出ましに随行《ずいこう》した歌会の場で詠《よ》まれた歌。

本来であれば神様には立派な紙や布を献上するものですが、その用意ができないのでかわりにあざやかな紅葉を手向《たむ》けようというのです。

道真《みちざね》に最も勢いがあった頃の歌なのですが、この歌会から3年ほど経った後、時の最大権力者である藤原時平《ふじわらのときひら》の計略《けいりゃく》により大宰府《だざいふ》に左遷《させん》され、その地で波瀾万丈《はらんばんじょう》の生涯を閉じるのです。

道具は祟り神？　それとも守り神？

不遇の死をとげた道真《みちざね》が雷神《らいじん》となって宮中にカミナリを落としたとか、時平《ときひら》の親族に祟《たた》ったとか様々なウワサが広がりました。そして、その祟《たた》りを恐れた人が学問の守り神として道真《みちざね》をあがめることによって祟《たた》りをおさめようとしたと考えられています。

褒めちぎることによって相手の敵意を弱める方法を「褒《ほ》め殺し」といいます。この道真《みちざね》の経緯と似ているところがあるように思われるのですが…。

べた褒《ぼ》めした後けなしたり、けなした後べた褒《ぼ》めしたりと、今も昔も人間って面倒くさい生き物ですね。

69番

嵐《あらし》吹《ふ》く　三室《みむろ》の山の　もみぢ葉《ば》は
竜田《たった》の川《かは》の　錦《にしき》なりけり
（能因法師《のういんほうし》・988〜没年不詳）

嵐が散らす山紅葉
川をすっかり埋め尽くし
カーペットのような彩《あや》錦《にしき》

能因法師《のういんほうし》は平安中期の歌僧《かそう》です。俗名は橘永愷《たちばなのながやす》。26歳で出家したといわれています。諸国《しょこく》を行脚《あんぎゃ》し風流人《ふうりゅうじん》の鏡として伝えられています。

西行法師《さいぎょうほうし》（86番）や松尾芭蕉《まつおばしょう》などの歌人・俳人に影響を与えた人物です。

神が宿る竜田山《たつたやま》の紅葉が川面に映り、加えて落葉が川を彩《いろど》るという絶景を詠《よ》んだこの歌は、17番の在原業平《ありわらのなりひら》が詠《よ》んだものと似ていますね。

目の前で紅葉の赤ランプが点滅しているような。

能因《のういん》はあるとき、次のような歌を詠《よ》みました。

都《みやこ》をば　霞《かすみ》とともに　たちしかど　秋風《あきかぜ》ぞ吹《ふ》く　白河《しらかは》の関《せき》

超訳　たしか出発したときは春だったんだけど、目的地の陸奥《みちのく》に着いたらすっかり秋になってたよ

旅に明け暮れた人生を送っていた能因《のういん》らしい歌ですよね。

じつはこの歌を詠《よ》んだ時、能因《のういん》は陸奥《みちのく》に旅をしてはいませんでした。

彼は、そこから長い間家に閉じこもり、顔を黒く焼いてから人前に出て、「陸奥《みちのく》の白河《しらかわ》へ旅に参ったときに詠《よ》んだ歌でござる」とお披露目したといわれています。

待賢門院《たいけんもんいん》に仕えた堀河《ほりかわ》（80番）の同僚の女房に、加賀《かが》という歌詠《うたよ》み（待賢門《たいけんもん》院《いんのか》加賀《が》）がいました。あるとき彼女は、自分史上最高の次の歌を思いついたのです。

かねてより　思《おも》ひしことぞ　伏《ふ》し柴《しば》の　こるばかりなる　嘆《なげ》きせんとは

超訳 アタック前からわかってたわよ。ずたずたにフラれて嘆くその結末

この歌は、もとは妄想の歌でした。しかし驚いたことに、彼女は歌によりリアリティをもたせるため、実際に身分の高い男性にアタックし、フラれた後にこの歌を披露したといわれています。その結果この歌は『千載和歌集《せんざいわかしゅう》』に撰集《せんしゅう》され、彼女は「伏《ふ》し柴《しば》の加賀《かが》」というニックネームでよばれるようになりました。

実体験から素直に歌を詠《よ》むのではなく、ふと浮かんだ一首にリアリティをもたせるために自らの日常生活のすべてをささげてしまうという2人の芸道の姿勢には、呆れかえるとともにある種のすごみまで感じてしまいます。

「ちはやぶる」な秋の景色

17番

ちはやぶる　神代《かみよ》も聞《き》かず　竜田川《たつたがは》
からくれなゐに　水《みづ》くくるとは
（在原業平《ありわらのなりひら》・825〜880）

紅葉で染まる秋の川
レッドカーペットかよハンパねえ

在原業平《ありわらのなりひら》は16番の行平《ゆきひら》の異母弟です。母親の身分は弟・業平《なりひら》のほうが上でした。業平《なりひら》がイケメンだったことをご存じの方もいるかもしれません。

そしてかなりの色好み（＝恋に対して一途な心情、もしくはその当人）だったそう。

現代でもすごいイケメンのことを「今業平《いまなりひら》」とよぶことがあります。

「ちはやぶる」は「神」や「宇治《うぢ》」などの言葉の前におかれる枕詞《まくらことば》。

「からくれなゐ」とは中国から渡来したとても美しい赤色のことです。

「くくり」というのは「くくり染め」という手法で衣類を縛って染めると、縛ったところには染料《せんりょう》が付着せず、濃淡《のうたん》の色合いになることです。

落葉の様がまるで「くくり染め」したようなあざやかな濃淡色《のうたんいろ》であり、「こんなすばらしい景観は、不思議なことがよく起こったという〝神の時代〟でもなかったんじゃない?」と解釈しておきます。

竜田山《たつたやま》が紅葉の神様である竜田姫《たつたひめ》の御座所《ござしょ》であるという伝説も踏まえれば『百人一首』の中でも、屈指《くっし》のあざやかさをもつ歌だと考えてもよいでしょう。

後に清和《せいわ》天皇の后《きさき》となる藤原高子《ふじわらのたかいこ》の前で屏風《びょうぶ》に描かれた絵を見て詠《よ》んだ歌とされています。

藤原高子との悲恋——縁がなかった2人

高校の国語教育で扱う教材に『伊勢物語《いせ》』第六段「芥川《あくたがわ》」があります。業平《なりひら》と思われるある男が、女を連れ出し背負って川を渡るお話ですね。

この女とされるのが藤原高子《ふじわらのたかいこ》であり、鬼に当たるのが奪われた妹を取り返しに来た兄の国経《くにつね》であるといわれています。

川を渡るときに葉の上に降りた露《つゆ》を見て、女が「あれはなんなの？」と男に尋ねるのですが、男はその言葉には返答せず先をいそぎました。

やっと見つけたあばら家で女を休ませ、戸口で見張りをしていたところ、鬼が侵入し女を食べてしまうという…。

「露《つゆ》」は命、「川」は死や別れのたとえと考えてみましょう。

一般的には第六段はフィクションだといわれていますが、ボクはこの「芥川《あくたがわ》」のもつ、ファンタジーなムードに魅力を感じます。

都でウワサのイケメンと言えば～？
そうオレ
在原業平くんだ～っぞい!!
在原業平《ありわらのなりひら》
貴い身分なのに業平さまって気さくですわよね
きゃっ
サインお願いしま～す♡
OK!!
素敵～～!
きゃっ
だってファンは大事にしなきゃデショ？
それがスターたるものの心意気ってやつ？
マジ推せる～～!!

業平さま！
藤原高子さま
とのご関係は⁉
※フラッシュの光にご注意ください
バッ
ん～
恬子内親王《てんしないしんのう》
とのおウワサも!!
バシャ
バシャ
オレはさ
オレの事が好きな人
み～んな愛してる
ワケ！
だからみんな
オレにず～っと
ついてきてくれたら
めちゃハッピーに
してやんよ！
質問の答えに
なってませんよ！
業平さま!!
以上で
記者会見を
終わらせて
いただきます
わぁ
わぁ
なに言ってるか
よくわかんない
けど
マジ
推せる
～!!
きゃ～
NARIHIRA
それでこそ
スーパースター
である

秋の日の切なさってみんなそう？

23番

月見《つきみ》れば　千々《ちぢ》に物《もの》こそ　悲《かな》しけれ
わが身《み》ひとつの　秋《あき》にはあらねど
（大江千里《おおえのちさと》・生没年不詳）

「秋の月　なんか悲しい　私だけ？」でググる今日

大江千里《おおえのちさと》は優れた漢学者です。唐《とう》の国の漢詩人・白楽天《はくらくてん》などの漢詩を和歌で表現することに長《た》けていました。大江家《おおえけ》はもともと学者の家柄で、73番の大江匡房《おおえのまさふさ》もその一族です。

この23番には人を悲しくさせるものとして月が詠《よ》まれていますが、月は澄みきった心、永遠の存在、愛しい人、無常、昔とは異なった世界など、様々な事物《じぶつ》にたとえられます。ではなぜ月は人を悲しくさせる存在となるのでしょうか。

人間は時代や環境によって変わってしまうものですが、月はいつの時代も同じ存在です。

現代のあなたが見ている月も、古《いにしえ》の大江千里《おおえのちさと》が見ていた月も同じ月なのです。だから月は永遠、人は無常、という思いにたどり着くことになるわけです。永遠のものに対する憧れは同時に、無常である人間のはかなさに繋がってしまうのですね。

日本文学の「月が人を空《むな》しくさせるものである」という考え方は漢詩の影響らしいのですが、そういう点から見て23番は漢学者の大江千里《おおえのちさと》らしい歌であるといえます。

こう考えると「千々《ちぢ》」と「ひとつ」も漢詩によく見られる「対句《ついく》」のように思われてきますね。しみじみと心にしみる「エモい」一首です。

漢詩の名作を思い出させる

白楽天《はくらくてん》の漢詩に「燕子楼《えんしろう》」という作品があります。夫（張尚書《ちょうしょうしょ》）から愛された女性（眄眄《めんめん》）が、夫の死後もずっと燕子楼《えんしろう》に住んでいたという哀詞《あいし》です。

23番はこの哀詞《あいし》の影響を受けているといわれているのです。

燕子楼中霜月夜《えんしろうのなかそうげつのよる》　秋来只為一人長《あききたりてただひとりのためにながし》

超訳　霜の降りる月の夜　燕子楼《えんしろう》の中で秋をむかえ、私ひとりだけが長く寂しい夜を過ごしているように思えてくる

「わが身ひとつの秋」は「燕子楼《えんしろう》」の哀《あわ》れな情趣《じょうしゅ》をにおわせる奥深いフレーズですね。誰にも言えないツラい悲しみに包まれたとき、「昔の人も同じような（いや、自分以上の）悩みをかかえていたんだ」と感じて、すっと心が晴れやかになることがあります。

そんなとき、「歌というのは応援歌なんだな」とつくづく思うのです。

名月がやっと見えた

79番

秋風《あきかぜ》に　たなびく雲《くも》の　絶《た》え間《ま》より
もれ出《い》づる月《つき》の　影《かげ》のさやけさ
（藤原顕輔《ふじわらのあきすけ》・1090〜1155）

秋風にゆれる雲の切れ間から
かなりエモめな月、チラリ

藤原顕輔《ふじわらのあきすけ》は平安後期の歌人です。
父・顕季《あきすえ》は当時の歌壇《かだん》の中心「六条藤家《ろくじょうとうけ》」のリーダー。
藤原顕輔《ふじわらのあきすけ》はその二代目です。「六条藤家《ろくじょうとうけ》」は藤原俊成《ふじわらのとしなり》（83番）や藤原定家《ふじわらのていか》（97

番）らのグループ「御子左家《みこひだりけ》」とライバル関係に当たります。

お互い切磋琢磨《せっさたくま》していたのですね。

顕輔《あきすけ》は崇徳院《すとくいん》（77番）の命により、勅撰集《ちょくせんしゅう》『詞花和歌集《しかわかしゅう》』を撰進《せんしん》しています。

79番は雲と雲のすき間からひょっこりと顔を出した月を愛《め》でる歌ですが、現代の月と古代の月ではまったくありがたさが異なることも意識してみてください。

現代はあちこちに照明があり、夜の怖さを感じにくくなっています。

しかし、当時は現在よりもはるかに治安が悪いので、追いはぎが鳴りをひそめて獲物を待ち受けているかもしれませんし、暗闇には魔物がいると信じられてもいました。

夜、愛しい女性のもとに通うのはまさに命がけでもあったのです。

暗い夜道を女性のもとに通う際、雲の間からひょっこり月が顔を出したとしたら…。

その嬉しさは現代の比ではないのです。

風の吹く秋雨の日に

37番

白露《しらつゆ》に　風《かぜ》の吹《ふ》きしく　秋《あき》の野《の》は
つらぬきとめぬ　玉《たま》ぞ散《ち》りける

（文屋朝康《ふんやのあさやす》・生没年不詳）

葉っぱの露は飛ばされて
水晶みたいに散ってゆく

文屋朝康《ふんやのあさやす》は22番の文屋康秀《ふんやのやすひで》の息子です。
父同様、官職にはめぐまれませんでしたが、37番で名を世に残した人物です。
文屋《ふんや》一族は平安時代の初めころまでは栄えていたのですが、中期になると没落《ぼつらく》してしまいました。

「葉っぱの露《つゆ》が風でこぼれ落ちる」という表現は、はかない命のたとえになることがあります。ただ、37番はそのような無常を意識させる歌ではありません。

露《つゆ》は水晶に似ています。現代において代表的な宝石というと、ダイヤになるかもしれませんが、当時は宝石といえば水晶。水晶は念仏を唱える際の数珠《じゅず》にも使用され、清らかなイメージも有しています。

「数珠《じゅず》だったら紐《ひも》で繋がっているから散乱しないけれど、野にある露《つゆ》はしっかりと繋がっていないからポロポロこぼれ落ちてしまう。だけど本当にきれいなんだよね～」と詠《よ》んでいるのです。

あ、葉の上に降りた露《つゆ》の美しい様子を見たいと思うあまり、中宮定子《ちゅうぐうていし》が庭の植え込みを繋るまま、ボーボーにさせていたという逸話《いつわ》もありました。

その中宮定子《ちゅうぐうていし》の処置について鎌倉初期の物語評論の『無名草子《むみょうぞうし》』では「気品のあるすばらしい配慮《はいりょ》だ」と絶賛しています。

庭の手入れをしなかっただけではないのですよ。

川の落葉を見ながら

32番

山川《やまがは》に　風《かぜ》のかけたる　しがらみは
流《なが》れもあへぬ　紅葉《もみぢ》なりけり
（春道列樹《はるみちのつらき》・生年不詳〜920）

Q　あれは何？　川の途中に留まるもの

A　正解は風が作った紅葉の堤防

春道列樹《はるみちのつらき》は無名の歌人です。

下級役人を続け、やっとのことで国司《こくし》に任命されましたが、なんと赴任前に亡くなってしまいます。

この32番を含めて五首ほどしか伝わっていないので、『百人一首』に選ばれたことで後世に名を残した人物と考えられます。

「しがらみ（柵）」とは水の流れをせき止める柵《さく》のことです。

紅葉が柵《さく》のようになって水が流れなくなっているけれど「この柵《さく》をかけたのは人間だと思うかい？　いやそうじゃない。風の仕業《しわざ》なんだよ」という、まさしくQ＆A形式の和歌なんです。

17番の在原業平《ありわらのなりひら》の歌と同じく、落葉の美しさが描かれた歌です。落葉を堤防《ていぼう》にたとえるというのは他に無い新鮮な発想ですね。

風の解釈は幅広く、ときには花を散らし、露《つゆ》を落とすことから命を奪う冷酷な存在、ときには花をなびかせることから愛をささやく恋人などにたとえられます。

32番では紅葉の堤防《ていぼう》まで作っちゃうなんて、「風」は天才的なクリエーターでありアーティストでもあるのですね。

この32番は、革新的な歌を好む藤原定家《ふじわらのていか》が好みそうな歌だと思います。

霧につつまれた秋の夕暮れを見た

87番

村雨《むらさめ》の　露《つゆ》もまだひぬ　まきの葉《は》に
霧立《きりた》ちのぼる　秋《あき》の夕暮《ゆうぐ》れ
（寂蓮法師《じゃくれんほうし》・1139頃〜1202）

葉っぱを濡らす通り雨
霧も出てきてエモい秋の夕暮れだ

寂蓮法師《じゃくれんほうし》の俗名は藤原定長《ふじわらのさだなが》。藤原俊成《ふじわらのとしなり》（83番）の養子になり後継者候補となりましたが、その息子でのちに『百人一首』を撰集《せんしゅう》した定家《ていか》が生まれたため、地位を譲り出家し高野山《こうやさん》で修行しました。

出家後は全国をまわりましたが、最終的には嵯峨《さが》でひっそりと暮らし、和歌の名人として名をはせました。

『新古今和歌集《しんこきんわかしゅう》』の撰者《せんじゃ》に定家《ていか》とともに任《にん》ぜられましたが、完成を待たずに亡くなっています。

87番は、「山に通り雨が降り、まだ濡れている葉っぱに白い霧《きり》がたつ。そんな秋の夕暮れほど美しいものはないよ」と歌っています。

87番にある「村雨《むらさめ》」とは、「群れになって降る雨」が由来といわれています。つまりザーッと一気に降って、サッと上がる雨のことです。

全国を歩いた寂蓮《じゃくれん》ですから、この国の美景を歌に残そうとしたのではないでしょうか。

美しい秋の瞬間を切りとった、日本画のような作品ですね。

寂しい秋の終わり

94番

み吉野《よしの》の　山《やま》の秋風《あきかぜ》　小夜《さよ》ふけて
ふるさと寒《さむ》く　衣打《ころもう》つなり
（藤原雅経《ふじわらのまさつね》・1170〜1221）

吉野の里の秋の夜
どこからか衣をたたく音がする
山風吹いて寒さマシマシ

藤原雅経《ふじわらのまさつね》は平安末期から鎌倉初期の歌人です。
飛鳥井流《あすかいりゅう》という蹴鞠《けまり》の名家の流れを汲《く》むので飛鳥井雅経《あすかいまさつね》、参議《さんぎ》だったので参議《さんぎ》雅経《まさつね》などとよばれます。

歌と蹴鞠《けまり》にあけくれた人物でした。

後鳥羽院《ごとばいん》（99番）・土御門院《つちみかどいん》・順徳院《じゆんとくいん》（100番）の三代の帝《みかど》に仕えました。

暗くなったら女のもとに通い、夜明け前に戻ってくるという通い婚《こん》では、視覚《しかく》（気色《けしき》）よりも聴覚《ちようかく》・嗅覚《きゆうかく》など（気配《けはい》）が頼りになります。声や音を聞いて想像を巡らせることが多かったのですね。

砧《きぬた》とは木や石で作られた台のこと。

そこに衣《ころも》を乗せて木槌《きづち》で打ち、艶《つや》を出したり柔らかくしたりしたのです。古代の夜はトントンと衣《ころも》を叩く音が聞こえていたと考えられます。

当時の人には、なんともエモい音だったでしょう。

講義中、テキストを丸めて教卓をバンバン叩きながら、故郷を懐かしむ名曲『カントリー・ロード（♪カントリーロードテイクミーホーム～♪）』を口ずさみ「これが古代の夜のミュージックじゃ～」って生徒に説明したところ、ドン引きされた経験があります。

初霜が降りた秋の日に

29番

心《こころ》あてに　折《を》らばや折《を》らむ　初霜《はつしも》の
置《お》きまどはせる　白菊《しらぎく》の花《はな》

（凡河内躬恒《おおしこうちのみつね》・生没年不詳）

初霜で庭の菊が真っ白だ
どっちが霜で菊だろう？
折っててためしてみよっかな～

凡河内躬恒《おおしこうちのみつね》は地方官を歴任した官位の低い人物ではありましたが、紀貫之《きのつらゆき》と並び称された『古今和歌集《こきんわかしゅう》』撰者《せんじゃ》です。

当意即妙《とういそくみょう》にウイットを効かせた歌を詠《よ》むことができた人物で、三十六歌仙にも選ばれています。

29番も面白いですね。庭に初霜《はつしも》が降ったせいで、どこに白菊《しらぎく》があるかわからない。

そこで「ええいあてずっぽうで手折《たお》ってみたらビンゴ!ってなるかもね」というのです。「まさか…」って感じで思わず微笑《ほほえ》んでしまいませんか。

こズルい誤魔化しはイヤなものですが、大胆な嘘はむしろ気持ちいいものなのです。

そう感じた直後、現実から切り離された銀燭《ぎんしょく》のような白菊《しらぎく》が、あざやかに目前に浮かびあがる仕掛けがされてある秀歌だと思います。

ただこの歌にきびしいコメントを残した人物がいます。俳人で歌詠《うたよ》みでもあった正岡子規《まさおかしき》が明治31年発表『歌よみに与ふる書』に29番を「すこしの値打ちもない」とか「嘘の趣向《しゅこう》だ」などと散々です。そもそも彼は『古今和歌集《こきんわかしゅう》』を良しとしない人物だったようですが。

まあ、和歌の好みは人それぞれ。好きな歌を素直に楽しめばよいと思うのです。

誰もいない冬の山里

28番

山里《やまざと》は　冬《ふゆ》ぞ寂《さび》しさ　まさりける
人目《ひとめ》も草《くさ》も　かれぬと思《おも》へば
（源宗于《みなもとのむねゆき》・生年不詳～939）

テンションサゲな山暮らし
人は来ないわ草木も枯れるわ

源《みなもとの》　宗于《むねゆき》は平安中期の歌人ですが、もとは皇族の出身です。

本来、皇族は「姓（苗字）」がありませんが、父の是忠親王《これただしんのう》が臣下《しんか》にくだってから源《みなもと》の「姓」を名乗るようになりました。

家柄はいいのになぜか出世ができない不運な人生でしたが、歌人としては一流で、当時の歌人ベスト36（三十六歌仙）に選ばれたほどの人物です。

28番はシンプルな内容であるし非常にリズミカルで覚えやすい歌なので、掛詞《かけことば》を教えるときに必ずあげるようにしています。

「冬の山里は草木が『枯れ』るし、寒くて人が『離《か》れ』るから寂しさがまさるんだよね。『人目も草も』のように『〜も〜も』のような並立的な表現の後には掛《かけ》詞《ことば》がきやすいんだよね〜」なんて予備校生に説明すると、大抵の生徒はフムフムと納得してくれます。

ただ、皇族出身者でありながら官位の昇進にめぐまれなかった彼の生涯を重ね合わせると、28番はとたんに哀愁《あいしゅう》を帯びてくるのです。

時折、歌とは詠《よ》み手の分身なのではないだろうかなんて感じてしまうときがあります。

冬の富士ってやっぱキレ〜！

4番

田子《たご》の浦《うら》に　うち出《い》でてみれば　白妙《しろたへ》の
富士《ふじ》の高嶺《たかね》に　雪《ゆき》は降《ふ》りつつ
（山部《やまべの》赤人《あかひと》・生没年不詳）

海岸を歩いていたら　あ、富士山！
冬空に浮かぶ白肌のイケメン

山部赤人《やまべのあかひと》は3番の柿本人麻呂《かきのもとのひとまろ》と並び、『万葉集《まんようしゅう》』を代表する歌人。
雪が舞う冬空に、凛《りん》とそびえる富士に対する感動が素直に表現されています。
まるで一幅《いっぷく》の掛け軸の絵を見るようですね。

4番は実際の富士の様子ではなく「こんな富士山があったらなあ」と理想の富士を思い描きながら詠《よ》んだ歌だといわれています。

この時代の富士山は、もくもくと煙をあげる活火山《かつかざん》。

当時の人々はこのもくもくとわきあがる煙の様子を一途な恋の「思ひ（おも火《ひ》！）」、「富士」を「不死《ふし》」と掛けて永遠の存在にたとえていました。オヤジギャグ炸裂《さくれつ》（笑）。ただこの歌は冬の歌とされているので、恋の発想はご法度ということで…。

現代の富士山といえば雪がかかった姿を想像するかもしれませんが、昔は絶えず噴火をくり返していたわけです。

今とはまったく違っていたのですね。

いつもと違う表情の富士を見たいと思った赤人《あかひと》が、「こんな富士なら最高なのにな」と思って詠《よ》んだのでしょうね。

七夕が恋しくて

6番

かささぎの　渡《わた》せる橋《はし》に　置《お》く霜《しも》の
白《しろ》きを見《み》れば　夜《よ》ぞ更《ふ》けにける
（大伴家持《おおとものやかもち》・718〜785頃）

七夕の橋を渡って君のとこ
行きたいけれど今は冬…

大伴家持《おおとものやかもち》は『万葉集《まんようしゅう》』の編纂《へんさん》に関わったとされる人物です。
その生涯は波乱に満ち、藤原氏との政治闘争《とうそう》に関わって左遷《させん》され、地方官を歴任しました。

この6番は、最近ではどうも家持《やかもち》ではなく別の人の歌だと考えられているようです。

「七夕の橋」ってなに？

6番にある「かささぎの渡せる橋」とは。

この歌は「七夕」が深く関係しているんです。

七夕は、彦星《ひこぼし》と織姫《おりひめ》が1年に1度会うロマンティックな日、というのは広く知られていますよね。

では「なぜ2人が離れ離れになってしまったのか」はご存じですか？

じつは彦星《ひこぼし》と織姫《おりひめ》がイチャイチャして仕事をしないから、それに怒った天帝《てんてい》によって、2人は天の川の対岸に引き離されたのです（職場で仕事放棄して上司に怒られる社内カップルというイメージでしょうか…笑）。

でもそれではかわいそうだということで、仕事を頑張ることを条件に1年に1度逢うことが許されました。そして七夕になると2人は、天の川にかかる橋を渡り1年ぶりの逢瀬《おうせ》をするのです。

この橋が「かささぎの橋」です。

「かささぎ（鵲）」とは全身は黒色で腹だけが白いカラス科の鳥。

北海道や九州の一部を中心に生息していてあまり見かけない鳥だと思いますが、近頃はちらほら他県でも生息が確認されているそうですよ。

腹が白いから、地上から見ると「白い橋に見える」というわけなんです。

逢えたのか、逢えなかったのか？

こう説明を受けると、6番は好きな人に逢いたいと願う歌に思えてきますが、ちょっと待った！　この歌は「冬」の歌に分類されています。

ここで、勘の鋭い方なら「七夕のキーワードを使って、冬の歌をつくっているちぐはぐ」に気づくかもしれません。

じつはこの歌は、①冬のきれいな天の川を見て「まるで霜《しも》のようだ」と歌っている説、②目の前の橋に霜《しも》が降りているのを見て「〝(七夕伝説の)かささぎの橋〟を思い出した」と歌っている説に分かれています。

ちなみにボクは、以下のように思っています。

暗くて寒い冬の夜道。とぼとぼと家に帰る男がいて、空を見上げると無数の星が瞬《またた》いている。男は七夕の伝説を思い出し、愛する女がいる彦星《ひこぼし》に自分を重ね合わせるのですが、今は七夕ではなく極寒の冬。行く手に見える橋には霜《しも》が降りて真っ白になっているではありませんか。

男は「ああ寒い、こりゃ〝かささぎの橋〟なんかじゃない。橋に霜《しも》が降りて真っ白になっているだけではないか」と嘆《なげ》く。そこで七夕伝説というロマンティックな幻想は消し飛び、現実に引き戻されてしまう。その瞬間に生まれた歌なのではないかと。

今と違って昔はビルや照明もない時代、空には一面に無数の星が瞬《またた》いていました。定家《ていか》は6番の、他にはない新鮮さと雄大《ゆうだい》さに惹《ひ》かれ、撰《えら》んだのではないかと思うのです。

冬の夜明けに目をさます

31番

朝《あさ》ぼらけ　有《あ》り明《あ》けの月《つき》と　見《み》るまでに
吉野《よしの》の里《さと》に　降《ふ》れる白雪《しらゆき》

（坂上是則《さかのうえのこれのり》・生没年不詳）

キラキラ雪がまぶしくて月明かりかと勘違い

テヘ
(〃▽〃)ゞ

坂上是則《さかのうえのこれのり》は平安初期の三十六歌仙にも選ばれた歌人です。

当時は朝廷《ちょうてい》の支配がおよんでなかった東北地方に進軍し、見事に征服《せいふく》させた征夷大将軍《せいいたいしょうぐん》・坂上田村麻呂《さかのうえのたむらまろ》の子孫らしいですよ。

歌だけではなく蹴鞠《けまり》の名人でもありました。

蹴鞠《けまり》はサッカーのリフティングみたいな感じで、鞠《まり》を数名で蹴《け》り合いながら落とさずに続けていく遊びです。

31番の歌にある「吉野」は、奈良県の南部にある桜の名所ですよね。「ソメイヨシノ（染井吉野）」は別名「吉野桜」ともよばれる桜の一種でもあります。ただ、昔は奈良の山岳《さんがく》地帯で雪の名所でもあったみたいです。

夜が明けても残っている「有明《ありあけ》の月」の光と見間違えるほどの雪の光というのですから、本当にかすかな光だったのでしょうね。

そんな吉野の雪を引用した有名な歌を紹介します。

夫の源義経《みなもとのよしつね》と最後の別れをする際に、妻であった静御前《しずかごぜん》が詠《よ》んだものです。

吉野山《よしのやま》　峰《みね》の白雪《しらゆき》　踏《ふ》みわけて　入《い》りにし人《ひと》の　跡《あと》ぞ恋《こひ》しき（『吾妻鏡《あづまかがみ》』）

超訳　吉野の山の雪を踏みながら消えていった彼のあとが恋しくて
この後、義経《よしつね》は命を落とし、2人の再会は叶わず…。切ないですね～。

霧の間に美景が見えるよ

64番

朝《あさ》ぼらけ　宇治《うぢ》の川霧《かはぎり》　たえだえに
あらはれわたる　瀬々《せぜ》の網代木《あじろぎ》
（藤原定頼《ふじわらのさだより》・995〜1045）

夜があけて霧のむこうに網代木《あじろぎ》の川がみえる
ちょっとセンチな宇治の朝

藤原定頼《ふじわらのさだより》は平安中期の歌人です。55番の藤原公任《ふじわらのきんとう》の息子です。60番の小式部内侍《こしきぶのないし》とのやりとりが有名ですが、父と同じく詩歌管弦《しいかかんげん》に優れた色好みの貴公子だったようです。

64番は詞書《ことばがき》によると定頼《さだより》が宇治《うじ》を訪れたときに詠《よ》んだとされています。

8番の喜撰法師《きせんほうし》の歌にも出てきましたが、「宇治《うじ》」はツラいという意の古語「憂《う》し」と掛けられたり、決して明るいイメージがある土地ではなかったようです。

「網代《あじろ》」とは魚を獲《と》るための仕掛けで、宇治川《うじがわ》の名物的存在だったようです。『源氏物語』の後半はこの宇治《うじ》が舞台になっていて、そこでも霧《きり》に包まれた宇治《うじ》の網代《あじろ》が描かれています。

日本画などで霧《きり》に隠れた山水《さんすい》の景色を見たことがありますよね。これは景色を霧《きり》で隠すことによって、見る者に隠れた箇所《かしょ》に対する興味を沸き立たせる効果があります。

夜明けとともに霧《きり》の間から徐々に姿を現してくる幻想的な網代《あじろ》の様子を見事に描いた、一幅《いっぷく》の名画を見るような歌ですね。

87番の寂蓮法師《じゃくれんほうし》の歌と合わせて味わってほしい歌です。

『百人一首』番号順インデックス

『百人一首』に詠まれた季節や内容は8種類に分けられるよ！

春…春の歌　**夏**…夏の歌　**秋**…秋の歌　**冬**…冬の歌

恋…恋する人に対して詠《よ》んだ歌　**旅**…旅の歌、故郷への思い

離…別れの歌　**雑**…以上のどれにも入らない歌

1 **秋** 秋の田のかりほの庵の苫を荒みわが衣手は露にぬれつつ……天智天皇 138

2 **夏** 春過ぎて夏来にけらし白妙の衣ほすてふ天の香具山……持統天皇 218

3 **恋** あしびきの山鳥の尾のしだり尾のながながし夜をひとりかも寝む……柿本人麻呂 039

4 **冬** 田子の浦にうち出でてみれば白妙の富士の高嶺に雪は降りつつ……山部赤人 261

5 **秋** 奥山に紅葉踏みわけ鳴く鹿の声聞くときぞ秋は悲しき……猿丸大夫 226

6 **冬** かささぎの渡せる橋に置く霜の白きを見れば夜ぞ更けにける……大伴家持 263

7 **旅** 天の原ふりさけ見れば春日なる三笠の山に出でし月かも……阿倍仲麻呂 140

8 **雑** わが庵は都のたつみしかぞ住む世をうぢ山と人はいふなり……喜撰法師 160

9 春 花の色はうつりにけりないたづらにわが身世にふるながめせし間に …… 小野小町 210
10 雑 これやこの行くも帰るも別れては知るも知らぬも逢坂の関 …… 蝉丸 134
11 旅 わたの原八十島かけて漕ぎ出でぬと人には告げよあまの釣舟 …… 小野篁 144
12 雑 天つ風雲の通ひ路吹き閉ぢよをとめの姿しばしとどめむ …… 僧正遍昭 166
13 恋 筑波嶺の峰より落つるみなの川恋ぞつもりて淵となりぬる …… 陽成院 028
14 恋 陸奥のしのぶもぢずり誰ゆゑに乱れそめにし我ならなくに …… 源融 030
15 春 君がため春の野に出でて若菜つむわが衣手に雪は降りつつ …… 光孝天皇 208
16 離 立ち別れいなばの山の峰に生ふるまつとし聞かば今帰り来む …… 在原行平 146
17 秋 ちはやぶる神代も聞かず竜田川からくれなゐに水くくるとは …… 在原業平 239
18 恋 住の江の岸に寄る波よるさへや夢の通ひ路人目よくらむ …… 藤原敏行 067
19 恋 難波潟短き葦のふしの間も逢はでこの世を過ぐしてよとや …… 伊勢 046
20 恋 わびぬれば今はた同じ難波なるみをつくしても逢はむとぞ思ふ …… 元良親王 099
21 恋 今来むといひしばかりに長月の有り明けの月を待ち出でつるかな …… 素性法師 054
22 秋 吹くからに秋の草木のしをるればむべ山風をあらしといふらむ …… 文屋康秀 163
23 秋 月見れば千々に物こそ悲しけれわが身ひとつの秋にはあらねど …… 大江千里 244
24 旅 このたびは幣もとりあへず手向山紅葉の錦神のまにまに …… 菅原道真 233

25 恋 名にし負はば逢坂山のさねかづら人に知られでくるよしもがな……藤原定方 101
26 秋 小倉山峰のもみぢ葉心あらば今ひとたびのみゆき待たなむ……藤原忠平 149
27 恋 みかの原わきて流るる泉川いつ見きとてか恋しかるらむ……藤原兼輔 022
28 冬 山里は冬ぞ寂しさまさりける人目も草もかれぬと思へば……源宗于 259
29 秋 心あてに折らばや折らむ初霜の置きまどはせる白菊の花……凡河内躬恒 257
30 恋 有り明けのつれなく見えし別れより暁ばかり憂きものはなし……壬生忠岑 041
31 冬 朝ぼらけ有り明けの月と見るまでに吉野の里に降れる白雪……坂上是則 267
32 秋 山川に風のかけたるしがらみは流れもあへぬ紅葉なりけり……春道列樹 251
33 春 ひさかたの光のどけき春の日に静心なく花の散るらむ……紀友則 130
34 雑 誰をかも知る人にせむ高砂の松も昔の友ならなくに……藤原興風 128
35 春 人はいさ心も知らずふるさとは花ぞ昔の香ににほひける……紀貫之 168
36 夏 夏の夜はまだ宵ながら明けぬるを雲のいづこに月やどるらむ……清原深養父 222
37 秋 白露に風の吹きしく秋の野はつらぬきとめぬ玉ぞ散りける……文屋朝康 249
38 恋 忘らるる身をば思はず誓ひてし人の命の惜しくもあるかな……右近 090
39 恋 浅茅生の小野の篠原忍ぶれどあまりてなどか人の恋しき……源等 078
40 恋 忍ぶれど色に出でにけりわが恋はものや思ふと人の問ふまで……平兼盛 024

41 恋 恋すてふわが名はまだき立ちにけり人知れずこそ思ひそめしか……壬生忠見 026
42 恋 契りきなかたみに袖をしぼりつつ末の松山波越さじとは……清原元輔 092
43 恋 逢ひ見ての後の心にくらぶれば昔は物を思はざりけり……藤原敦忠 032
44 恋 逢ふことの絶えてしなくはなかなかに人をも身をも恨みざらまし……藤原朝忠 072
45 恋 あはれともいふべき人は思ほえで身のいたづらになりぬべきかな……藤原伊尹 074
46 恋 由良の門を渡る舟人かぢを絶えゆくへも知らぬ恋の道かな……曾禰好忠 076
47 秋 八重葎しげれる宿のさびしきに人こそ見えね秋は来にけり……恵慶法師 230
48 恋 風をいたみ岩うつ波のおのれのみ砕けて物を思ふころかな……源重之 103
49 恋 みかきもり衛士のたく火の夜は燃え昼は消えつつ物をこそ思へ……大中臣能宣 044
50 恋 君がため惜しからざりし命さへ長くもがなと思ひけるかな……藤原義孝 118
51 恋 かくとだにえやはいぶきのさしも草さしも知らじな燃ゆる思ひを……藤原実方 036
52 恋 明けぬれば暮るるものとは知りながらなほ恨めしき朝ぼらけかな……藤原道信 116
53 恋 嘆きつつひとり寝る夜の明くる間はいかに久しきものとかは知る……藤原道綱母 060
54 恋 忘れじの行く末まではかたければ今日を限りの命ともがな……藤原伊周母 120
55 雑 滝の音は絶えて久しくなりぬれど名こそ流れてなほ聞こえけれ……藤原公任 200
56 恋 あらざらむこの世のほかの思ひ出にいまひとたびの逢ふこともがな……和泉式部 122

57 雑 めぐり逢ひて見しやそれともわかぬ間に雲隠れにし夜半の月かな……紫式部 170
58 恋 有馬山猪名の笹原風吹けばいでそよ人を忘れやはする……藤原賢子 086
59 恋 やすらはで寝なましものを小夜更けてかたぶくまでの月を見しかな……赤染衛門 063
60 雑 大江山いくのの道の遠ければまだふみもみず天の橋立……小式部内侍 190
61 春 いにしへの奈良の都の八重桜今日九重ににほひぬるかな……伊勢大輔 206
62 雑 夜をこめて鳥の空音ははかるともよに逢坂の関はゆるさじ……清少納言 094
63 恋 今はただ思ひ絶えなむとばかりを人づてならで言ふよしもがな……藤原道雅 048
64 冬 朝ぼらけ宇治の川霧たえだえにあらはれわたる瀬々の網代木……藤原定頼 269
65 恋 恨みわび乾さぬ袖だにあるものを恋に朽ちなむ名こそ惜しけれ……相模 109
66 雑 もろともにあはれと思へ山桜花よりほかに知る人もなし……前大僧正行尊 178
67 雑 春の夜の夢ばかりなる手枕にかひなく立たむ名こそ惜しけれ……周防内侍 112
68 雑 心にもあらでうき世にながらへば恋しかるべき夜半の月かな……三条院 180
69 秋 嵐吹く三室の山のもみぢ葉は竜田の川の錦なりけり……能因法師 236
70 秋 さびしさに宿を立ち出でてながむればいづこも同じ秋の夕暮れ……良暹法師 175
71 秋 夕されば門田の稲葉おとづれて葦のまろやに秋風ぞ吹く……源経信 228
72 恋 音に聞く高師の浜のあだ波はかけじや袖のぬれもこそすれ……紀伊 114

73 春 高砂の尾の上の桜咲きにけり外山の霞立たずもあらなむ……大江匡房 152
74 恋 憂かりける人を初瀬の山おろしよはげしかれとは祈らぬものを……源俊頼 052
75 雑 契りおきしさせもが露を命にてあはれ今年の秋もいぬめり……藤原基俊 154
76 雑 わたの原漕ぎ出でて見ればひさかたの雲居にまがふ沖つ白波……藤原忠通 203
77 恋 瀬を早み岩にせかるる滝川のわれても末に逢はむとぞ思ふ……崇徳院 080
78 冬 淡路島かよふ千鳥の鳴く声に幾夜寝ざめぬ須磨の関守……源兼昌 182
79 秋 秋風にたなびく雲の絶え間よりもれ出づる月の影のさやけさ……藤原顕輔 247
80 恋 長からむ心も知らず黒髪の乱れて今朝は物をこそ思へ……待賢門院堀河 070
81 夏 ほととぎす鳴きつる方をながむればただ有明の月ぞ残れる……藤原実定 220
82 恋 思ひわびさても命はあるものを憂きにたへぬは涙なりけり……道因法師 082
83 雑 世の中よ道こそなけれ思ひ入る山の奥にも鹿ぞ鳴くなる……藤原俊成 184
84 雑 ながらへばまたこのごろやしのばれむ憂しと見し世ぞ今は恋しき……藤原清輔 186
85 恋 夜もすがら物思ふころは明けやらで閨のひまさへつれなかりけり……俊恵法師 058
86 恋 嘆けとて月やは物を思はするかこち顔なるわが涙かな……西行法師 084
87 秋 村雨の露もまだひぬまきの葉に霧立ちのぼる秋の夕暮れ……寂蓮法師 253
88 恋 難波江の葦のかりねのひとよゆゑみをつくしてや恋ひわたるべき……皇嘉門院別当 034

89 恋 玉の緒よ絶えなば絶えねながらへば忍ぶることの弱りもぞする……式子内親王 105
90 恋 見せばやな雄島のあまの袖だにも濡れにぞ濡れし色はかはらず……殷富門院大輔 088
91 秋 きりぎりす鳴くや霜夜のさむしろに衣かたしきひとりかも寝む……藤原良経 132
92 恋 わが袖は潮干に見えぬ沖の石の人こそ知らね乾く間もなし……二条院讃岐 107
93 旅 世の中は常にもがもな渚漕ぐあまの小舟の綱手かなしも……源実朝 188
94 秋 み吉野の山の秋風小夜ふけてふるさと寒く衣打つなり……藤原雅経 255
95 雑 おほけなくうき世の民におほふかなわがたつ杣にすみぞめの袖……慈円 194
96 雑 花さそふ嵐の庭の雪ならでふりゆくものはわが身なりけり……藤原公経 216
97 恋 来ぬ人をまつほの浦の夕なぎに焼くや藻塩の身もこがれつつ……藤原定家 065
98 夏 風そよぐならの小川の夕暮はみそぎぞ夏のしるしなりける……藤原家隆 224
99 雑 人もをし人もうらめしあぢきなく世を思ふゆゑに物思ふ身は……後鳥羽院 196
100 雑 ももしきや古き軒端のしのぶにもなほあまりある昔なりけり……順徳院 198

参考文献

『原色小倉百人一首』鈴木日出男ほか（文英堂）／『新註　百人一首』深津睦夫ほか（勉誠社）／『中世勅撰和歌集史の構想』深津睦夫（笠間書院）／『平安朝の生活と文学』池田亀鑑（ちくま学芸文庫）／『百人一首』小池昌代（河出文庫）、『古今和歌集　日本古典文学全集7』小沢正夫　校注、『新古今和歌集　新編日本古典文学全集43』峯村文人、『枕草子　日本古典文学全集11』松尾聰ほか、『和泉式部日記・紫式部日記・更級日記・讃岐典侍日記　新編日本古典文学全集26』藤岡忠美ほか、『松尾芭蕉集　日本古典文学全集41』井本農一ほか、『竹取物語・伊勢物語・大和物語・平中物語　新編日本古典文学全集12』片桐洋一ほか、『大鏡　新編日本古典文学全集34』橘健二ほか、『十訓抄　日本古典文学全集51』浅見和彦校注・訳（以上、小学館）／『百人一首　―編集がひらく小宇宙』田渕句美子、『大岡信『折々のうた』選　短歌（一）（二）』水原紫苑　編（以上、岩波新書）／『金槐和歌集』斎藤茂吉、『歌よみに与ふる書』正岡子規　著、金井景子ほか　校注（以上、岩波文庫）／『保元物語・平治物語　日本古典文学大系31』永積安明ほか、『正岡子規集　新日本古典文学大系　明治編　27』金井　景子、勝原　晴希　宗像、和重　校注、『篁物語・平中物語・浜松中納言物語　日本古典文学大系77』遠藤嘉基・松尾聰（以上、岩波書店）／『愚管抄　全現代語訳』大隅和雄、『今昔物語集　全現代語訳』武石彰夫、『新版　蜻蛉日記　全訳注』上村悦子（講談社学術文庫）／『万葉集（1）～（4）』中西進（講談社文庫）／『雨月物語・癇癖談　新潮日本古典集成』浅野三平　校注、『土佐日記・貫之集　新潮日本古典集成』木村正中（以上、新潮社）／『田辺聖子の小倉百人一首』田辺聖子、『百人一首』島津忠夫　訳注、『源氏物語（1）（6）』玉上琢彌　訳注（以上、角川文庫）／『新編国歌大観　第1巻　勅撰集編　歌集』「新編国歌大観」編集委員会編（KADOKAWA）

本書は、本文庫のために書き下ろされたものです。

富井健二（とみい・けんじ）

東進ハイスクール、東進衛星予備校で古文を教える人気熱血講師。

軽快かつエネルギッシュな講義で、全国の受験生を志望校合格へと導いている。基礎から難関大学受験レベルまでに対応する豊富な話題とわかりやすい解説で、受験生たちを飽きさせない。近年、コラムニストとして数多くの執筆も手掛けている。『百人一首』では56番の和泉式部が推しキャラ。

主な著書は、『富井の古典文法をはじめからていねいに』『富井の古文読解をはじめからていねいに』『古文単語FORMULA600』『古文レベル別問題集1～6』（以上、《東進ブックス》ナガセ）。

監修に『源氏でわかる古典常識』『マンガで味わう源氏物語』『イメージ記憶でスイスイ覚える　ゆる語訳古文単語』（以上、Gaken）などがある。

知的生きかた文庫

超《ちょう》エモ訳《やく》　百人一首《ひゃくにんいっしゅ》

著　者　富井《とみい》健二《けんじ》
発行者　押鐘太陽
発行所　株式会社三笠書房
〒一〇二－〇〇七二　東京都千代田区飯田橋三－三－一
電話〇三－五二二六－五七三四〈営業部〉
〇三－五二二六－五七三一〈編集部〉
https://www.mikasashobo.co.jp
印刷　誠宏印刷
製本　若林製本工場

ISBN978-4-8379-8889-2 C0130

男と女が知っておくべき
「分かち愛」のルール
ベスト・パートナーになるために

「男は火星から、
女は金星からやってきた」の
キャッチフレーズで
世界的大ベストセラー!

推薦
中山庸子

えっ　男と女は違う星からやってきたの?
パートナーの本当の気持ちがわかり、
〝二人のもっといい関係づくり〟の秘訣を
何もかも教えてくれる究極の本です。

心理学博士
ジョン・グレイ
大島 渚【訳】

ベストフレンド ベストカップル

〝6枚の切符〟が
「愛される自分」を連れてきてくれる

『ニューヨーク・タイムズ』
38週連続ランク・インの大ベストセラー
あなたの一番大切な人と一緒に
読んでください!

推薦
江原啓之

「この本を読んで、ベストカップルになるための
ルールを、ぜひ実行してください。あなたの中
に電池のように愛が充電されていくでしょう。
これこそ、〝幸せになる〟究極の法則なのです。」

C20009